# 平野謙のこと、革命と女たち

阿部浪子
Abe Namiko

右より平野謙、埴谷雄高、本多秋五。
1975（昭和50）年3月15日、「西田信春を偲ぶ会」にて。写真提供・牛島春子

社会評論社

書き下ろし作品

平野謙のこと、革命と女たち＊目次

## 第三章 家庭と文学の間 93

## 第六章 ヒューマンな日常感覚の尊重

# 序章　文学者、平野謙の「後ろ姿」

夏目漱石は、文部省が授与する博士号を拒否したという。明治時代の話である。

一九七七（昭和52）年、文芸評論家の平野謙は、第三十三回・日本芸術院恩賜賞を受けている。昭和五十一年度の「評論家としての業績に対し」てであった。その直後は、平野謙自身の弁明があったり、他人の批判があったりして、物議をかもしたけれど、歳月の経過とともに、受賞したことも、また平野謙という存在も忘れられていくようだ。

平野謙が他界したのは、一九七八（昭和53）年四月三日のこと。七十歳だった。いま、死後三十五年が経過しようとしている。

昨年、評論家の吉本隆明がなくなった。作家の高橋源一郎が追悼して、このように書いている。吉本さんは、思想の後ろ姿を見せることのできる人だった。どんな思想も、どんな行動も、ふつうは、その正面しか見ることができない。それを見ながら、ぼくたちは、ふと、立派そうなことをいっているが、実際はどんな人間なんだろう。ほんとうは、僕たちのことなんか歯牙にもかけていないんじゃないかと疑うのである（「思想の「後ろ姿」を見せてくれた―吉本隆明さんを悼む」2012・3・19　朝日新聞）、と。

高橋源一郎のことばを借りれば、平野謙って、実際はどんな人間だったんだろう。その文学の「後ろ姿」を見てみたい。そんな思いを、わたしは近ごろいよいよ強くしている。

## 二足のわらじ――文芸評論家と教授稼業

平野謙に初めて会ったのは、一九六七（昭和42）年の春であった。その年の秋、平野謙は還暦をむかえるのである。

明治大学大学院の小室に試験官が現れた。あっ、これが写真でみる平野謙か。『島崎藤村』（1947・8　筑摩書房北海道支社）、『藝術と實生活』（1958・1　講談社）、『知識人の文学』（1966・8　講談社）などを著した文芸評論家の先生なのだ。上背があり、大柄で肉づきもよい。腰はばが写真でみるロシア人のようにひろい。ふとわたしは、浜松に住む、一九一〇（明治43）年生まれの、小柄な父親の姿を思いうかべたものだ。平野謙は、端正な顔に笑みをたたえているようにも見えた。ちょっぴりはにかみの表情もみてとれた。いまから思えば、作家の大江健三郎のいう、「平野さん」の「初老のみごとな顔」であった。皮膚のうすい顔、大きな目も印象的だ。やや青みがかった黒目でぎょろりとにらまれたら、さぞやこわいだろうな、と感じたことも、わたしはよく覚えている。

〈知識人について〉という題で小論文を書くよう、文学研究科入試の試験官、平野謙は、ホワイト・ボードに指示した。白くて小さな手が柔らかそうだ。労働者の硬そうな分厚い手ではない。わたしは、状況と自我とのかかわりをとおして知識人とはなんなのか、まとめた。

つづく面接試験のとき、わたしの答案を読んだ平野謙が、小田切秀雄の語彙に似ていると指摘した。その後、わたしはこの答案について深く反省することになった。それまで教わってきた小田切の語彙をもちいて図式的にまとめた文章は、消化不良で硬直していた。

平野謙は、『平野謙を偲ぶ』(1979・8 非売)に収録された、青山毅作成の年譜によれば、一九五七(昭和32)年、四十九歳で明大の専任講師に就き、五十四歳で同大の教授になっている。それから、大学教授と文芸評論家という二足のわらじを履いてきた。夏目漱石は、作家で地誌研究家の森まゆみの『千駄木の漱石』(2012・10 筑摩書房)によれば、「吾輩は猫である」で作家デビューをはたすとどうじに、大学講師を辞任したそうだ。平野謙は、漱石とはぎゃくである。平野謙の六十代は、文芸評論家としていちばん脂ののった時期ではなかったか。『平野謙全集』(1974・11~75・12 新潮社)全十三巻の刊行が、それを明かしている。

大学院の講義はよく休講した。若葉のころになると病気による休講のはり紙がでた。糖尿病を患っていたという。一九七〇(昭和45)年には、自宅のある世田谷区喜多見の区画整理対策協議会会長として、実力阻止に立ちあがり、多忙になったため〈準公用〉と称して授業を休んだ。東京都施工の区画整理事業の計画決定にたいする反対運動であった。授業を行なっても、けっして熱心な先生ではなかった。そのわりには、見栄っぱりの平野謙は、学生たちの人気や外部の評判を気にした。古代・中世・近世文学のゼミナール受講生よりも、自分の担当する近代文学ゼミの受講生のほうが多いことを得意にしていた。

〈今月号の文芸誌に書かれてましたねぇ〉。世故たけた学生が話しかけると、平野謙はすぐさま、〈うーん、おれはいつもやられるんだ〉とこたえる。いま、わたしの頭のなかにつぎつぎと、授業中のひとこま、ひとこまが浮かんでくる。ある老作家のかなり年下の美人妻が万引きしたというスキャンダルが週刊誌をにぎわしていた。〈うわさも七十五日と、老作家が言ってるそうです〉〈そうか〉。平野謙はハッハッと大笑いした。いつも思いが鬱屈しているような表情が、がらりと変わるのであった。くぐもった低音も一オクターブあがるのである。〈石川淳って気どるひとね〉などとも言って、いっとき文壇での憂さを晴らすかのようだ。学生たちは、耳をかたむけてお相手をする。

講義内容は、ほかの教授のようにノートを用意してくるでもなく、ぶっつけ本番であった。島崎藤村、芥川龍之介よりも、永井荷風が新鮮であった。「失踪」という小説を腹案中の「わたくし」と、「濹東綺譚」を書く作者自身とが二重写しのままで、ほとんど無意識に混同されているというのだ。平野謙のこの指摘に、わたしは感銘をうけた。あとで提出した単位取得のリポートも、ずいぶん熱が入ったものだ。作品と実生活との相関が理解できて、文学作品は、作家の実人生からこんなふうに書かれるものなのか。

さらに、〈谷崎潤一郎は、女に子どもを産ませるとおっぱいが垂れるからいやだといった〉などと、人間的な立場から批判した。たまに作品を朗読すると、妙に女の人のせりふがうまかったのも、印象に残っている。

しかし平野謙は、学生たちと打ち解けようとはしなかった。うちに何かをたたみこんで沈んでいた。じっと何かに耐えているようにも、わたしには想えた。目の前の学生たちの存在は、うとましかったかもしれない。学生の一人一人については把握していた。

そのうち、わたしは、平野謙の教授業は身すぎ世すぎかもしれないと考えるようになった。世間的にも通りのいい、大学教授という肩書がほしかったのも、たしかであろう。「文学者というものは一段高いところに立つ指導者にはなれっこない人種だ」（「労働者作家の問題」１９４９・９、10「近代文學」）という思いもあったろう。〈教師もひとりの人間だ〉。平野謙がぽつりと漏らしたことがあった。わたしは何気なく聞いたが、平野謙にはそこにふくむものがあったのだと、のちに思うようになった。

筑摩書房の編集者だった原田奈翁雄が数年前にこう言った。〈平野謙は、編集者全員にモテモテだったよ〉。意外な、平野謙の「元気印」を知らされて、わたしはとてもおどろいた。編集者たちと文学論を語らいつつ全身の細胞をぴちぴちさせていた、とは。あの講義ぶりからは想像のつかないことだ。さらに、原田はこうも言った。〈いまどきの政治家は平常心を気軽にいうけれど、平野謙はいつも平常心そのものだった。作家はおおかた気が狂ってるみたいななかで、平野謙や埴谷雄高や本多秋五や柴田翔は、特別であった〉と。

平野謙にとって文学こそ本道であった、とすれば、教授業は二の次であったろう。それは学生たちにも反映して、大学院の日々は怠慢でゆるやかだった。課題リポートの提出も少なく、提出した文章についてしごかれることもない。具体的に論文をどのように書けばよいか、その指導も懇切ではなかった。

大学院から帰る電車のなかで級友が、〈謙さんは、なにが楽しみで生きてるんだろうね〉と話しかけてきた。〈わざわざ、授業にでなくても、下宿で平野謙の本を読んでればいいのだ〉〈でも、生身の文芸評論家とじかに接することで吸収できることってあるはずよ〉。そうだ、三つぞろいの背広姿の平野謙が、気もそぞろで、うれしそうに見えたときがあった。一九六九（昭和44）年の秋だった。〈きょうはぼく、ご褒美をもらうことになってね〉。『文藝時評』（上巻1969・8下巻69・9　河出書房新社）で第十一回・毎日芸術賞をうけるその授賞式に、放課後の夕べに出席するのだそうな。そう、平野謙の楽しみってなんだったろう？　肉、うなぎ、アイスクリームが大好きだった。大鵬ではなく、好敵手の柏戸がひいきの相撲ファンだった。しかしそれは精神的なものではない。やはり、全身評論家であることが、平野謙の生きる楽しみであったろうか。

学生たちは平野謙を、〈謙さん〉と呼んだ。国文学者で、明大の平野仁啓教授と区別して。よその大学から移ってきた学生は、〈平野さん〉と。わたしも法政大学から移ってきたよそものだが、〈平野先生〉と呼んだ。

ある日、平野謙に、わたしは、どうしたら文章が上手に書けるか、たずねてみた。文章は血筋からくるものだ。現に、太宰治の娘が二人とも作家になっている、と。妻とのあいだに生まれた津島佑子と、愛人とのあいだに生まれた太田治子のことをいうのだ。たしかに、平野謙の父親、平野柏蔭は一八九八（明治31）年度の「早稲田文學」に毎号寄稿する文筆家である。また評論家の小林秀雄は、平野謙のはとこだという。二人の母親がいとこどうしであった。平野謙はその血筋を受けているのであろう。しかし、努力よりも遺伝子なのだ、では、わたしへの回答にならないではないか。そのとき平野謙はこうも説いた。〈大学院を出たからって、ものかきになることはないんだよ。大変な仕事でね〉と。

平野謙は、本名を平野朗（あきら）という。一九〇七（明治40）年十月三十日、京都市内の病院で生まれた。十人きょうだいの第一子である。

東京で育ち、小学校入学のさい、父親の故郷、岐阜県各務原市へ移っている。生家は、浄土真宗の寺で、父親はその住職であった。小学五年のとき、平野謙は得度しているという。これは死後明らかにされたことだ。生前、埴谷雄高がこの出自について「平野謙」（1964・10「群像」）のなかに暴露したが、平野謙はずっと秘密にしてきた。ノンフィクション作家、軍司貞則の『おお、明治』（2000・10　駿台倶楽部）を読んでいたら、武田孟の回想が紹介されている。「子供のころから檀家に依存して生きている非生産的な寺院生活に屈辱を感じていた」と。平野謙にも武田のような屈辱がつきまとっていたのだろうか。なお、ものの本によれば、浄土真宗のおしえのなかに、いのちを大切にする、勤勉を旨とする、とある。

## 学生時代——左翼運動と出会う

一九二〇（大正9）年四月、旧制岐阜中学校に入学し、一九二五（大正14）年三月、卒業。在学中に肋膜炎を患って一年休学している。この八月、病床から「文藝日本」のコント募集に投稿し「指」が入選した。一九二六（大正15・昭和元）年四月、愛知県の旧制第八高等学校文科乙類に入学する。乙類とは、ドイツ語を第一外国語とするクラスのこと。ここで、本多秋五や藤枝静男を知った。初対面の平野謙について、作家の藤枝は、背のすらりとした希代の美少年だったと追想する。在学中、同校の校友会誌に「わが家の平和」（1929・3）、「稚恋」（1929・5、11）を発表している。

一九三〇（昭和5）年三月、第八高を卒業し、翌月、上京した。東京大学文学部社会学科に入学したけれど、同科は卒業できなかった。一九三七（昭和12）年四月に再入学した美学科を、一九四〇（昭和15）年三月、卒業している。学内組織のR・S（左翼の読書会）に参加した。一九三一（昭和6）四月、ここから派遣されて学外の、日本労働組合全国協議会（全協）に加盟していた日本通信労働組合に所属する。機関紙「通信労働者」のガリ版切り、レポーターなどをひきうけた。この組合の最高指導者が、のちに共産党のリンチ事件で絶命した小畑達夫であった。

上京した翌年の一九三一（昭和６）年、そして三二（昭和７）年に絶頂をむかえたプロレタリア文化運動をとおして、平野謙は運動全体に強い関心をいだくのであった。運動への献身こそ自分のたった一つの生きがいになっていたと、のちに述懐している。

しかしこれは、なにも平野謙だけのことではない。当時のめざめた青年男女が、労働者の解放運動に挺身している。あの人がまさか、と首を傾げたくなるような人までも、戦前はアカにかぶれていたのだ。そのひとりが石橋貞吉（山本健吉）である。戦後、古典の評論や俳句研究などの業績で著名だ。「女人藝術」の編集員だった熱田優子が明かす。〈山本さんは隠したがってるから、生前は書かないでね〉と、念をおした。昭和初期、山本は熱田をリードしていくような立場にあった。が、結核を患い、運動から撤退した。そのことで山本はずっと、熱田に後ろめたい感情をいだいてきたというのだ。二人は解放運動者を救援する会に所属していた。戦後になり、四年にいちど、その救援会（モップル）で活動した人たちの同窓会が開かれた。熱田はその席で山本と再会した。あの筆名はだれのものだなどと回想しあう。〈あのまま運動を継続していたら、山本さんの芸術的開花はなかったでしょ〉とも、熱田は話した。

「改造」の懸賞論文で第一席を獲得したのが、宮本顕治の「敗北の文學」（１９２９・８）であった。第二席は、小林秀雄の「様々なる意匠」。このことが象徴するように、一九二九（昭和４）年、三〇（昭和５）年ころ、新興勢力のプロレタリア文学は、文壇ジャーナリズムのうえでも、圧倒的に優勢だったことがわかる。多くの青年がプロレタリア文化運動になびくのも、道理であった。

平野謙も、一九三一（昭和6）年十月以降、プロレタリア文化運動の一兵卒として働きたいと願った。一九三二（昭和7）年春、すでに参加していた本多秋五の推薦で、大学外の日本プロレタリア科学研究所の芸術学研究部会に所属する。ここで平野謙は、キャップの新島繁や、本多のほかに池田寿男や山室静や泉充などのメンバーと交流した。さらに一九三三（昭和8）年、日本プロレタリア科学研究所から抜てきされて、日本プロレタリア文化連盟書記局につとめる。このコップ書記局は、当時非合法だった日本共産党と直結していて、文化運動を大声叱咤する最高司令部であった。だから、日本プロレタリア作家同盟の一員であるより、その勤務はよっぽど危険なことであった。平野謙は承知していた。作家同盟とは、文学を生涯の仕事ときめた人の集まりのこと。

ずるずると、半非合法活動に巻きこまれることになる。当時、治安維持法という悪法があった。「主として共産主義活動を抑圧するために適用され、違反者に対しては死刑を含む重刑が科せられ、思想の弾圧に重要な役割を演じた」と、『日本国語大辞典』（小学館）に書かれている。平野謙は、レポーターとして各種団体の責任者と定期的に連絡をとることをした。よく交流したのが、慶大生の泉充であった。その妹と翌々年、平野謙は同棲し、結婚することになる。宮本顕治の指導ぶりを絶対支持し、強力な「政治の優位性」理論のしばりにかかっていた、とは、後年の平野謙の述懐だ。『政治と文學の間』（1956・11　未來社）、『文学・昭和十年前後』（1965・4　文藝春秋）にくわしい。

人間はつづけて異常ななかに置かれるとそうとは気づきにくくなるらしい。しかしだんだん、平野謙は、組織というものの人間の使いかたへの懐疑が抑えきれなくなっていく。そうかといって、ほかの視点を考えつくだけの才覚もなかったという。ついでに書けば、ほかの視点を模索する、それが平野謙の戦後の文学的たたかいのプロセスではなかったか。

三年も左翼運動にかかわっていたのに、平野謙は検挙を免れている。ブタ箱（留置場）に入っていない。ふつう一年半ぐらいの活動で警察に捕まっていたようだ。その偶然が倫理的な負い目を軽くして、戦後、左翼運動への批判というモティーフを思いつかせたとも、平野謙は書く。ただ、治安維持法違反では捕まっていないが、風俗壊乱で一時間ほどひっぱられている。一九三一（昭和6）年秋の夜ふけのこと、赤坂の町を女の子とうろついていたところを私服警官に連行されたという。

昭和六年度は、平野謙の生涯でもっともラディカルな年であった。平野謙は、マルクス主義文学運動の影響下に青春の一時期をおいたのだが、その間、これが自分の「目指してきた文学であってたまるかという気持と、しかし、文学的インテリゲンツィアとしての自己を究極に救ってくれるものはここにしかないとする気持が身うちでたたかっ」ていた、ともいう。二つのあいだを揺れ動く、一方に徹底できずに中途半端なところに身をおく。これが、その後の平野謙の人生についてまわることとなった。

## なしくずしの転向

一九三三（昭和8）年一月、平野謙は「プティ・ブルジョア・インテリゲンツィアの道―唐木順三氏の『現代日本文學序説』を読んで」という評論を「クオタリイ日本文學」に発表する。

翌二月二十日、共産党員で作家の小林多喜二が特高警察に逮捕され、拷問によって即日のうちに死んでいる。国家権力による虐殺だった。この国は満州事変勃発後、侵略戦争へむかっていた。警察は、マルクス主義運動への弾圧をますます強めていたのだ。

そして翌年の一月十六日から十八日にかけて、各新聞がいっせいに共産党の「赤色リンチ事件」を報じた。平野謙は、ふかい衝撃を覚えるのであった。「尊敬する」評論家の宮本顕治を責任とする凄惨な事件が、前年十二月二十三日から二十四日にかけて発生していたのだ。同志たちにスパイを疑われ、長時間のリンチのはてに絶命した小畑達夫は、平野謙の下宿に一か月同居していた男だ。その小畑が宮本とともに党の中央委員になりあがっていたことにも、平野謙はがく然とした。組織への懐疑を強くする。いのちへの軽視にも耐えられなかった。宮本の政治の優位性という理論と指導は、現実的に破綻した。共産党のもとにではなく、自分の資質にかなった仕事がしたいと、一人の知識人を意識していた矢先のこと、イデオロギーの干渉や政治的要請をうけずに個人の文学を要望する。とつぜんの事件によって、平野謙は、そんな内心の声をいよいよ抑えきれなくなるのだった。

一九三四（昭和9）年二月、日本プロレタリア作家同盟が解散した。その年の秋ころから病にふせ、十二月、平野謙は喀血する。肺せんカタルを患うのだ。このときすでに、三つ歳下の泉田鶴子と同棲していた。平野謙の転向を、小説のかたちで書いたものが小編「なすなし」（1936・10「批評」）にほかならない。

## 平野文学の特徴

平野謙の最終講義は、一九七七（昭和52）年十一月二十九日に行なわれた。わたしたち大学院修了生も出席した。平野謙が食道がんの手術で食道の三分の一を切除したその翌年のことで、死の四か月前であった。のどを傷めたかすれた声でこう話したのが、忘れがたい。〈アクチュアルなことは問題ではない。文学は、男女の問題をあつかうものですね〉。これが、平野謙の四十余年におよぶ文学的人生の到達点なのか。いや、根っから文学好きの人の一貫したものだったのかもしれない。

吉本隆明と作家、辺見庸の対談集『夜と女と毛沢東』（1997・6　文藝春秋）がある。「モテる男の書くものは、だからダメなんですよ」と吉本が語りかけると、辺見が「女の人からセックスが最高だと言われるのが、僕の夢ですね」とこたえる。さらに、「近代文學」派の作家たちの話を聞かせるようもちかける辺見にたいして吉本は、「平野謙さんという評論家も大変な美男子で、しかしやはりこの人の書くものはあっさりして、単調なところがあるんだ。どうもこのあっさりした感じと美男ぶり、つまり女性関係に苦労していないということが、深い関係があるように思えるんですよ」と、自説を披露する。

平野謙が女性にモテていたか、女性に苦労していなかったか、わからない。ただ、書くものがあっさりして単調だ、というより、文章がとてもわかりやすいのである。平野謙はひたすら、ことばと格闘する書き手だったと思う。作品群をよく読めば、官僚的で居丈高な漢語をもちいず、和語におきかえている。たまにカタカナで雰囲気を和らげている。まなざしも、大きなものより小さなものへ向けている。なじみの薄い文芸評論というものを、平野謙は一般の人にもわからせるように心をくだいたと、わたしは認めたいのである。

最終講義のさいちゅう、こんな一幕があった。〈先生の「昭和文学私論」を読んだんですけど、ちっともおもしろくなかったです〉と、男子院生が発言した。いつもならここで、平野謙はカンシャクを破裂させたかもしれない。だがこの日は、にこにこしながら聞いていて、こう返すのであった。〈うん、しかしね、ぼくの文章は、学生から主婦にいたるまで、いろんな層の読者が読んでくれてる。そういう点も、きみ、配慮してほしいなあ〉。平野謙には自信があったのだ。毎日新聞夕刊に連載されていた平野謙の「文芸時評」「昭和文学私論」「わが文学的回想」を読みたいばかりに、三十歳代の主婦の姉妹は、他紙のしつこい勧誘を九年来ことわりつづけてきたという。恩賜賞受賞を祝福する何通かの手紙のなかに、その一通があった。文学甄賞上の指針や人生上の教訓をくみとったという、べつの読者の文面もあり、平野謙はそのとき年甲斐もなく興奮していたのだ。

しかしこの平野スタイルは、いきなりできあがったものではなかろう。戦後すぐに書かれた文章は、たしかに硬い。平野謙は、終戦後はまだやせ細っていたが、いつからか、肉づきのいい血色のすぐれた顔になってきた。それとともに文章スタイルも変貌したと、明大教授だった本多秋五がいう（対談「平野謙の青春」1978・4「海」）。自分の素手と肉眼で、つまり自身の生活実感をとおして作品を読解する。平野謙の、人間への尽きぬ好奇心と観察眼が、ディテールを濃密にしている。プロレタリア作家にかんする文章よりも、自然主義作家にかんする文章のほうが、おもしろいゆえんだ。

一般の人をも惹きつける文章表現力は、平野謙が三つの要素を包摂していたからなしえたものではなかったか。授業中に平野謙はこんなことを話した。〈ぼくは学者にも小説家にもなれなかったから、評論家になるしかなかった〉と。学者的なものと小説家的なものと評論家的なもの、この三つの要素がじつは文章のなかにうまく溶けあって、平野スタイルは形成されているのではないか。しかもそれは、語りかけの口調になっている。

そして、そんな批評方法の背後から、平野謙の私小説的告白が透けて見えるのだ。わたしはこの稿を書くために改めて平野文学を読みながら、そのことに気づいたのだ。平野謙はなかなか正直な人だとも感じた。さらに、平野謙の人生的挿話を知ってみれば、そのことはより明瞭になってくる。「文学は危機における人間の表現だ」と、平野謙は死のまぢかに書く。危機にさらされた平野謙自身の実人生が、行間からかいま見えてふしぎはない。あるいは、ほかの作家たちの作品を借りて、自身の人生的危機を語っているのである。

## 離婚を回避する

一九五五（昭和30）年から六〇（昭和35）年ころ、平野謙は、離婚の危機にあった。これまで、だれも書かなかったことだ。その嵐の渦中から「田宮虎彦」（1957・10「群像」）は発表された。やや過激なその論文には、平野謙の願望があらわなのだ。「お前は旅籠屋の内儀さんで、おれは食物をこしらえてもらったり、洗濯してもらったりする旅の客さ」。島崎藤村の「家」のなかから平野謙は引用しているが、性別役割分業を訴えざるをえないその背景には、日ごろからその関係が崩れていることへの家庭的不満がうっ積していたのであろう。夫婦という日常的地盤は、「板子一枚下は波の上」という不安定なものだとも、平野謙はいう。妻は夫に従順なもの、母親のように息子のたのみごとは果たしてくれるものと、思いこんで結婚したけれど、その期待はやぶられた。定収入もないのに、女房のめしがまずいなど、よくいえるわね。あたしは、きみの女中になるために結婚したんじゃない。妻からそんなせりふが飛びでてきていたのかもしれない。妻には、夫の非功利的な文学の仕事で生活がらくにならないことへの苛立ちもあったろうか。

「田宮虎彦」のなかにこう書かれている。一九五七（昭和32）年六月、小さな事故による怪我で入院していた。そのとき平野謙は、二十余年におよぶ家庭生活を思いおこす。「いつどこで人間は日常の営みから遮断されるかわからぬという恐怖」が、「こしかたゆくすえを反省させずにおかなかったのである」。そして、わが夫婦関係が「一体どこでこんなにひんまがってしまったのか」と反省する。この田宮論とはべつに、エッセイ「藉すに歳月をもってせよ」（1958・1「婦人公論」）のなかでも、「私自身の結婚生活を失敗だった、といまでも思っている」と書く。田宮虎彦への異様な挑戦状も、じつは平野謙自身の悲惨な夫婦事情が反映していたのであった。

一九六〇（昭和35）年五月には、庄野潤三の小説「静物」（1960・6「群像」）を論じた「日常性の恢復」（1960・5・27 毎日新聞）を、平野謙は発表している。この短編の文学的志向は、現代小説の混迷や退廃を打破するひとつの手がかりになりはすまいか。「静物」を一種の日常性再編の物語とも位置づけている。この国が高度成長へむかうとき、旧来どおり、文士が自分の芸術のために家族を犠牲にすることに甘んじていられる時代では、もはやない。べつの文学的な自己証明の必要に迫られていると、平野謙は自覚する。庄野は「日常性の意味改変」をくわだてた。主人公のそのための意志的努力に、平野謙は触発されてか、自身の離婚という危機的状況を突破した。〈覚悟はいいいな〉。妻をおびやかす空威張りの矛をここで、わが胸に収めたのだった。「静物」が、平野謙の文学と実生活においても重要な画期の作品であるゆえんだ。

## 女房はきびしいリアリスト

平野謙の食道がん手術後の姿は、痛々しかった。喜多見の自宅をたずねると、〈おれは廃人もどうぜんだ〉という。頬がこけ、大きな目がよけいに大きく見えた。背広がぶかぶかだ。書斎をかねた応接室は、装飾がなくシンプルである。壁面の書棚には本がぎっしりならんでいる。田鶴子夫人がまほうびんを片手に現れる。しばらくすると、入院しているという作家の大岡昇平から電話がかかった。平野謙がかすれた声で応じているあいだ、わたしは疑問を田鶴子夫人にぶつけてみた。〈おくさんも、むかしは文学をやってたのでしょ〉〈うん、好きで読んでましたよ〉〈じゃあ、平野先生が家庭におしこんでしまったのですか〉〈いや、専門家になろうという気持ちはなかったです。ロシア文学者の湯浅芳子さんが、一つ家に二人のものかきは大成しないって〉。田鶴子夫人の薄くなりかけた頭髪には白髪がない。椅子にちょこんと腰かけた姿は、少女のようだ。夫の社会的地位を鼻にかけるような妻ではない。やはり若いころは作家をめざしていたのであろう。一九三四（昭和9）年ころ近しく交流していた壺井栄や窪川いね子（佐多稲子）は、作家デビューしている。六十七歳のいま現在が、過去の志望を否定してしまうのだ。

一九三二（昭和7）年、左翼運動の真っ只中で、平野謙は泉田鶴子と出会っている。美男美女の出会いだった。若いころの平野謙は、俳優の岡田時彦に負けないくらいハンサムであったと、藤枝静男が追想する。岡田は女優、岡田茉莉子の父親で、一九三四（昭和9）年、結核でなくなっている。平野謙はまた、机龍之介を連想させたという。机とは、中里介山の「大菩薩峠」に登場するニヒルな剣士のこと。わかいころの田鶴子夫人も、女優を想わせるような華やかな美しい人であった。平野謙の死後、わたしはアルバム数冊を見せてもらっている。そのアルバムには、平野謙が孫をだいた写真もあった。

田鶴子夫人は何回か、佐多稲子のことをわたしに話している。〈稲子さんは野心家だ〉という。『佐多稲子全集』収録の年譜も読んでいるようだ。〈あの歳まで父親とはなれずにいた。その気が知れないなぁ。わたしのひがみかもしれないけど、あれだけ恵まれた条件があれば、書けるわよ〉。話をきくうちに、田鶴子夫人が六つ年上の佐多にライバル心をいだいていることに、わたしは気づくのだ。佐多は、元夫の窪川鶴次郎がなくなると、平野謙によく手紙をよこしたという。〈文芸評論家より作家のほうが上だといわんばかりの文面〉に、田鶴子夫人は立腹しているようでもあった。

田鶴子夫人は「婦人公論」編集部の依頼で、生前の平野謙の家庭でのことを書いて提出した。が、〈つっこみ不足〉で没になっている。〈左翼運動でビラくばりしたなぞ書けば、親族に迷惑がかかるし、それより、多くの読者の平野謙へのイメージを壊しかねないし〉。田鶴子夫人は弁明した。平野謙が生きているあいだは書きたい気持ちはたしかにあった。田鶴子夫人は、丹羽文雄が私費を投じて主宰する同人誌「文學者」へ入会の問い合わせをしている。丹羽は、田鶴子夫人が卒業した新制四日市高校の同窓生だという。しかし丹羽は、平野謙との相性がよくないのを理由に断ってきた。なお、この同人誌からは、吉村昭や河野多恵子や津村節子などの作家が誕生している。

自分も佐多のように作家になれたのに、との思いが田鶴子夫人の心中には、くすぶっていなかったか。病弱の平野謙のいわば自己実現を優先させてきた。その無念さを夫人はひきずってきたように想われる。それを認識していた平野謙には、女の一生を棒にふらせた罪は男のわれにあり、という後ろめたさが生じていなかったか。

平野謙が、妻に所望した番茶をすすっていると、田鶴子夫人が話しかける。〈ねぇ、お父さん、あの人たちも、あまり仲がよくないみたいよ〉〈夫婦って、そういうもんだよ。西田くんは、まだ田岡嶺雲をまとめないのかなぁ〉。あの人とは、法大教授だった西田勝のことだ。西田のことが話題にのぼると、田鶴子夫人がわたしにたずねてきた。〈西田さんは温和なひとでしょ〉〈さあ、どうでしょうか〉〈そうよね、人間は二重人格ですもの。お父さんは、西田さんとよく似てるんだ〉。夫人の声が急に高くなった。お父さんは、ぶ然とする。お母さんの日ごろのマグマが、噴火したのだろう。あっ、またお父さんを怒らせてしまった。さーっと、夫人は隣室へ消えていった。

その日わたしは、作家の平林たい子の兄を町田市の老人ホームにたずねる予定でいた。小田急線の電車に揺られながら、いましがたの光景を反復した。平野謙の「後ろ姿」が、妻のシビアな女房的肉眼によって、ひとつ鮮明になったみたいだ。妻のせりふに挑発されたように、平野謙はいちいち応えていたっけ。無視してはいなかった。ことばのまったくない夫婦ではないが、対等な、夫婦のコミュニケーションは成立していたのだろうか。それは疑問ではあるけれど、日常的地盤から発せられる妻の直球は、ひょっとしたら、平野文学に影響をあたえているのかもしれない。これは、この日にかぎった光景ではないだろうから。車中でそんなことを考えたのが思いだされる。この考察は、その後、わたしのなかで強まっていった。いまもそう確信している。ここで、さきほどの吉本と辺見の対談をおさらいすれば、平野謙は妻という女性にかなり手こずっていた、といえそうだ。

西田勝は、評論家で中国文学者、田岡嶺雲の研究家として知られる。市民運動家でもある。東大生のころから何年か、平野謙のところに出入りしていた。わたしたち院生は〈おしえご〉にすぎないが、西田は、平野謙の意中では一番弟子ではなかったか。西田はパートナーも連れて平野謙の家にきていたのに、あるときからぱったり来なくなったという。パートナーは西田と結婚して、手術後の近ごろも平野謙を見舞っていたようだ。

そのうち西田は、法大日文科の講師になる。〈小田切くんが無理やりさせたんだろ〉。平野謙は、たずねてこなくなった西田を同大教授の小田切秀雄にとられたと思いこむのだ。平野謙の小田切への対抗心は、すごいものだった。そこに妻が介在しているなぞ、平野謙には想定外であったろう。わたしは、西田が主宰する方法の会に所属するメンバーから、田鶴子夫人の意外なことをきかされている。平野謙が左翼運動の渦中で自分の恋人を上司の小畑達夫にとられたという挿話も、この共通線上で考えれば、よく理解できることにちがいない。

## 共産党との対峙――日常性の軽視を問う

「いわゆる建て前と本音とにわけて、いつもいつも建て前ばかり書いたり喋ったりしていると、いつかは正常な人間感覚を紛失してしまやしないか」「二六時中側近にとりかこまれて、口あたりのいい党絶対化イクォール自我絶対化にひとしい言辞ばかり聞かされている宮本顕治のような立場になると、日常感覚というものが鈍磨して、無残なことを冷酷無残とも思わずにやってのけるようにならないか」。この文章からは、平野謙の切迫感が伝わってくる。他界する二か月前に執筆した、絶筆である。前年の一九七七（昭和52）年、共産党の宮本顕治と袴田里見の「刎頸の友」のながい歴史に幕がおろされた。宮本委員長がとつぜん袴田副委員長のクビを切ったのだ。一九七八（昭和53）年一月六日付朝日新聞に掲載された「天声人語」に触発されたのであろう、平野謙は「政治の論理と日常の論理」（1978・1・27「週刊朝日」）を発表した。さきの文章はその一部である。

宮本と袴田の関係は、一九三三（昭和8）年の「リンチ共産党事件」にまでさかのぼる。事件後、警察に逮捕された二人は、獄中で非転向をつらぬく。戦後に出所して以来ずっと、共産党の仕事にたずさわってきた。平野謙は、宮本にクビを切られた袴田へ同情しないで、「政治の論理にのみ慣れ親しんで、次第にヒューマンな日常感覚を喪失していった証しにほかなるまい」と、批判の矢を放つ。平野謙の鋭い矢は、共産党という組織の欠陥をついているのだ。その組織をうごかす宮本をてきびしく批判しているのである。ちなみに、この文章はいまから三十五年も前に書かれた。平野謙の批判は、共産党をふくむ現在の日本の政治的状況をいいえて、妙ではないか。平野謙の先見の明の一例かもしれない。

「一見素朴にみえようと、私どもは日常の論理をしかと踏まえて、デヒューマナイズ（非人間化）されつつある政治の論理のゆくすえをみきわめる必要がある。そして、できれば日常の論理と政治の論理とのより高い統一を一市民の立場からつねに模索する心がまえを忘れたくないものである」と、平野謙はむすぶ。共産党へ的を一つに絞ったところに、じつは平野謙ののっぴきならぬモティーフがある。戦後すぐに、戦中の情報局勤務をもって「戦争責任」を宮本から指摘されたことが、平野謙の胸にはずしりとこたえた。それ以来、戦前の左翼運動を指揮した組織とそのトップである宮本と対決することになる。それが、平野謙の戦後のたたかいでもあった。平野謙は、共産党に完全にみきりをつけないできた。共産党宮本とのたたかいは、自身とのたたかいにほかならないからである。

## 多喜二の愛人説――女性蔑視を疑う

平野謙はなぜ、あんなに小林多喜二の愛人の存在にこだわったのだろう。多喜二に愛人が何人いたってかまやしないのに。三人の愛人説を主張し、その一人若林つやについては否定はしたものの、「昭和五十一年日記」(『わが文学的回想』1981・3　構想社)の「7月2日」付にはこうしるす。「安田徳太郎『思い出す人々』読了。大泉兼蔵ノコト、若林つやノコトナド、記憶スルニ価スル」と。まだ、平野謙の脳裏から若林のことが消去されていないのだ。

さらに平野謙はいう。多喜二と「彼女らの微妙な関係を無視することはできない」(「小林多喜二と宮本顕治」1976・2・27「週刊朝日」)と。「微妙な関係」って何だろう。平野謙はくわしく書かない。わたしは、この「微妙な関係」にせいぜいこだわってみた。小著『書くこと恋すること―危機の時代のおんな作家たち』(2012・7　社会評論社)のなかに、多喜二は一九三一(昭和6)、三二(昭和7)年ころ四人の女性と交流していた、と書いた。田口タキ、平賀、若林つや、伊藤ふじ子。新顔の平賀のことを、古澤真喜が「碧き湖の彼方」(1974・7〜77・10「星霜」)のなかに描いている。古澤の体験的自伝的な小説を読んでいたとき、あぁ、このことを平野謙はいいたかったのかもしれないと、わたしは気づくのだった。実在の平賀は、古澤の実践女子専門学校の同級生である。古澤は、多喜二が文学志望の平賀を、文章指導を名目に金銭的に利

右より牛島春子、金子千代、平野謙、埴谷雄高。1975（昭和50）年3月15日、「西田信春を偲ぶ会」にて。写真提供・牛島春子

用した、というのだ。発表舞台を紹介するなど口実にして。女たちは多喜二の愛情を、そこに錯覚したかもしれない。余分なことだが、古澤のひ孫に竜太と辺見庸が命名している。古澤の息子、古澤襄さんが「杜父魚文庫ブログ」で紹介している。古澤さんの娘婿がカメラマンとして、辺見の「もの食う人びと」の取材に同行している。

　平野謙に「ハウスキーパア問題」（1974・9「展望」）という作品がある。多喜二が虐殺される十日前に、福岡の警察で西田信春が虐殺されている。そのハウスキーパーをした北村律子について書いている。ハウスキーパー体験者は、自分の体験を語りたがらない。ただ一人、北村が取材に応じてくれた。何回か、わたしは会って話をきいている。〈どんどん書いてください。あなた成功しますよ〉と、はげましてもくれたけれど、怠慢にもきょうまで発表しないできた。もう一人、田中清玄と岩尾家定のハウスキーパーをした中本たか子からは、〈自費でした〉という回答がとどいている。北村は、共産党の要請でハウスキーパーをひきうけたと証言した。家事とセックスを提供するだけでなく、

金銭も運んだ。共産党の採用した「ハウスキーパー制度」は、左翼運動のもとで、男女活動家が夫婦をよそおって世間の目をごまかすためのものであった。ちなみに、『日本国語大辞典』によれば、ハウスキーパーとは、「非合法共産党運動で、党員の隠れ家を普通の家庭のように見せかけるために、いっしょに住んだ女性の党員」のこととある。しかしその内実は、女性を便利な道具にしたものだった。女性蔑視は明らかだ。

平野謙は、共産党の日常性軽視とともに女性蔑視を、戦後すぐに批判している。画期的な提言だったといえよう。

# 第一章　「戦争責任」と妻の存在

## 泉田鶴子との出会い

〈若いころの平野は、すばらしかったと思います〉。平野謙夫人、田鶴子からわたしのもとにとどいた手紙の一節である。平野謙は、泉充の妹、泉田鶴子と一九三二（昭和7）年に出会っているはずだ。平野謙が「市ヶ谷メッチェン」に失恋した直後のこと。東大三年生、二十五歳と栄養学校生、二十二歳の出会いで、結婚は一九三四（昭和9）年終わりにしている。平野謙は、東大をまだ卒業していなかった。将来のめども立っていない。無収入だ。彼、彼女も、この時代の左翼運動にかかわっていた男女のきまったパターンでむすびついている。本人の学歴や教養や職業や家柄や父母の意向など問わず、どこの馬ともわからぬ男女がおなじ思想とこころざしをよりどころに同棲するというもの。

田鶴子夫人は、美男の平野謙に魅力を感じたのではない。左翼運動を背景にした出会いなのだから、闘士、平野謙の精神的な高揚と緊張に惹かれたのである。作家の小坂多喜子が回想して、〈あのころの中野重治と宮本顕治は、かがやいてましたよ。宮本さんは、活気にあふれて生き生きしていた。「改造」の受賞後で、いまとはまったくちがって清潔感があった〉と語ったことがある。このころの平野謙も、生き生きとして、かがやいていたのではなかったか。だから、左翼運動というバックが消え去れば、平野謙は無気力なオブローモフになってしまう。こうも田鶴子夫人は回想している、〈あれほど美しくみえた時代もあった〉と。いま、美しき時代はもはや過ぎてしまったのだ。一九三三（昭和8）年十二月に起きた共産党のリンチ事件による衝撃は、平野謙にとって不意打ちで深刻だった。小学五年のとき得度している平野謙には、いのちが粗末に扱われたこともショックだったにちがいない。はじめて、「心理に固疾的なぐりぐり」（「軌道的文學論」1950・3、4「近代文學」）ができあがったという。そして自身の発病とで、平野謙は妻にとって心理のよめぬ不可解な人になっていた。

〈だまされちゃったわ。結婚直後にもう大病して、さんざんな目に遭いました。平野は体格ががっちりしているので大丈夫と思って結婚したけど。結婚前のことは、平野は話さなかった。あまり丈夫ではなかったみたい。親の育てかたが悪かったのかもしれない。親も大変だったろうと思いますよ。食べ物の好き嫌いをいっこうに直そうとしないですもん。あたしが栄養面の管理をしたら、こんどは糖尿病でしょ。食べることに執着する。ほとほとまいって、家出したこともありました〉。

田鶴子夫人の、平野謙との結婚にかけた期待は、裏切られたというのか。それが平野謙の側から描いた小品「なすなし」（1936・10「批評」）の世界にほかならない。

〈女流作家の世界は妖怪が棲んでいるようで踏み入るのが怖かった。平林たい子の「施療室にて」を読んでヒヤッとした。いやになった。そういう世界に仲間入りしたくないと思いました。あたしは、本を読むことは罪悪という家庭に育った。怖い思いをしたくないから、家のなかにちぢこまっていた。たい子のように無鉄砲なことをすれば、とうぜん、悲惨な目に遭わずにいられない。家人の監督がなければ、それはさらに悲惨なものになります。社会的な重圧による彼女たちの悲惨さは、不可抗力のものでしょ。精神的経済的な援助もなくなってしまうし〉。

田鶴子夫人が、三重県四日市市に住んでいたころの家庭環境の一端をうかがわせる回想である。しかし上京後、〈十六歳のときから交際していたボーイフレンド〉を捨ててまで、左翼運動にかかわっていた平野謙のもとへ走った。親の監督から解放される。平野謙と出会うことで、あるいは大都会の空気を吸うことで、泉田鶴子は変身した。「軟派の不良少年」にみえた平野謙も大学入学後は「すっかり変わってしまった」と、友人の藤枝静男が「平野断片」(『落第免状』1968・10 講談社)のなかに追想する。なお、田鶴子の兄、泉充も、さきに書くように左翼運動にかかわっていた。その影響もあったかもしれない。泉と平野謙はよく気が合い、文学論をたたかわす仲であった。泉は、一九三三(昭和8)年三月に慶大英文科を卒業する。のちに出征した。「超える文學―芥川龍之介覚え書」(1943・5「現代文学」)などの批評があるが、一九四七(昭和22)年、病気で他界している。

しかし平野謙との四十余年の結婚生活を田鶴子夫人が総括すれば、〈悲劇的で、湿っぽいものでした。おまえはバカだバカだといわれ、あたしは、肉体を使うほうに回ってしまった〉ということになる。結婚生活は満足できるものではなく、むしろ惨めさえ感じるものであった。その原因も、このスタートにあるのだった。平野謙はいつも、田鶴子夫人のからだの丈夫さをやっかんでいたという。ついでに書けば、このコンプレックスによるものなのか、平野謙の作品の冒頭はよく、からだの不調からはじまる。平野謙の肉体コンプレックス。このことにあまり注目されてこなかったが、大切なテーマだと、わたしは思う。

## 実らなかった恋

平野謙が他界したのは、一九七八（昭和53）年四月三日のこと。同じ月の十四日に行なわれた追悼座談会「平野謙・人と文学」（1978・6「群像」）のなかで、藤枝が発言している。出席者はほかに本多秋五、埴谷雄高、野間宏、荒正人であった。「いや、自分はあなたと一緒にいると今後進歩しない、当時の言葉でいうとね、進歩しない、思想的に成長しないと思う、もっとしっかりした人に指導されて運動のなかにすすんでいきたい」。本郷肴町から団子坂のほうへ行き、右側に入ると十万寺があり、その近くの一軒屋に、平野謙は下宿していた。一九三一（昭和6）年のこと。そこに女性がいたと、藤枝はいう。平野謙はその女性に恋慕して求婚したが、断られて、ワァーワァー泣いたそうな。彼女は「市ヶ谷メッチェン」と狭い仲間うちで呼ばれる美少女、根本松枝のこと。父親が市ヶ谷刑務所の所長をしていた。根本は津田塾大を出た、学生運動あがりの活動家だ。当時、活動家には良家の子女が多かったという。この年、平野謙は日本通信労働組合に所属するが、その最高指導者、小畑達夫の命令で彼女を預かることになった。

小畑にたいしても、平野謙は部屋を提供したり衣類を与えたりして援助している。

根本のいう「もっとしっかりした人」とは、具体的に小畑のことであったろうか。彼女は、小畑のハウスキーパー、レポーターになっている。平野謙は根本にふられた、いや平野流に変換すれば、恋人を小畑に盗られたことになる。〈一番弟子〉の西田勝を小田切秀雄に盗られた、とおなじ理屈だ。しかし、じつは、西田が平野謙のもとを去ったのには、田鶴子夫人のラブレター事件が介在していた。〈おくさんが、平野謙との離婚トラブルのとき西田先生へラブレターをよこした〉というのだ。〈ラブレターをうけとった西田先生はそれいらい、平野謙のもとへは行かなくなった〉と、西田が主宰する方法の会（「虹鱒」を第7号まで発行、1987年に解散）メンバーがわたしに話している。一九五五（昭和30）年前後、西田はいっぽうで、小田切のもとへも出入りしていた。ラブレター事件とは関係なく、西田が小田切のほうを選ぶのは必至であったろう。そして「政治的に発言し行動する」という法大日文科の伝統にすりよせられるのも。田鶴子夫人は、二十歳代後半の若い西田に、〈美しくみえた時代〉の平野謙をかさねたのではなかったか。夢よもいちど、と。西田は文学をめざしつつ活動家でもあった。平野謙とのあいだがうまくいかない。自分のむなしい気持ちを埋めるために書いたラブレターだったかもしれない。田鶴子夫人はとても筆まめの人で、だれかに自分の心境をつづることで訴えたかったのだろうか。ちなみに、二人は十八歳ちがう。この妻のラブレターについて、おそらく、平野謙は気づいていなかったと想う。西田を小田切が盗ったのではない。西田とおなじように、根本はみずからの意思で平野謙のもとを去った、とみなければならない。根本を小畑が盗ったのではない。

## 活動家コンプレックス

他人に拒否されれば、だれだってプライドは傷つくだろう。人一倍自尊心のつよい平野謙のことだから、根本の拒否によるその内心じくじくじたる思いは、他人の想像以上のものであったはずだ。盗った相手へ恨みをいだく。しかし注意すべきは、恋人にふられたというレベルで平野謙の「青春原体験」を強調してはならないということ。ここでさらに踏みこんで、平野謙自身の潜在的な心情を分析してみる必要がないか。平野謙はわたしに、何度かこんなせりふを吐いたものだ。あるときは、大学院の授業が終わって乗りこんだエレベーターのなかで、いまいましそうに言う。〈小田切くんは活躍している。おれはすぐに歯がやられるんだ〉。小田切は、わたしが学部時代に所属したゼミナールの指導教授である。わたしはどう返答したらよいものか、黙っていると、平野謙はぶすっとして院内のどこかへ消えていった。ジャーナリズムの酷使からくる歯の病。生来の健康に恵まれない体質。この肉体的コンプレックスによる行動力欠如のふがいなさが、根本や西田に去られることで一層うずく。その他方で、行動派の小畑や小田切へ嫉妬や羨望をおぼえる。これは平野謙が生涯、もちつづけた心情であった。いうならば、平野謙の活動家コンプレックス。しかし、その裏面には平野謙の、文学的感性への自負があったはずだ。行動力を誇示する、小畑や小田切は、それが劣っているとみる対抗意識とともに。根本は結果的に、活動家の小畑のほうを選んだ。拒否された平野謙のその屈辱感にこそ注目しなければならない。平野謙の自分との内的たたかい。だから、その思いを、平野謙は死ぬまでひきずることになるのだった。

平野謙に「アンポ反対」（1960・7「近代文學」）がある。一九六〇（昭和35）年六月四日午後、国会周辺のデモを見物したという。「ただ見物しただけで私はヘトヘトになり、翌日は一日中寝ころんでいなければならなかった」「ピッピッとならす笛の音にあわせて、キシヲ、タオセ、キシヲ、タオセと叫ぶ全学連の蛇行デモは、ほとんど美しいといっていい」。六〇年安保闘争のときの随想だ。キシとは岸信介首相のこと。平野謙五十三歳、その肉体のありようをいいえて妙ではないか。

それにしても、平野謙はなぜ、据え膳を食わなかったのだろう。埴谷がそれをたずねると、平野謙は、組織の上部から命じられ一時預かった、重要なポジションにいる女性であったと弁明したそうだ（「青春今昔」1975・2「海」）。わたしは最近、作家の南木佳士の『陽子の一日』（2013・1　文藝春秋）を、信濃毎日新聞に掲載する書評のために読んだ。女医はモーションをかけるのだが、男が興味をもたず手をだしてこなかった。それをくやしがる女医の話がおもしろい。いまどきの男の心理はいかに？　平野謙は左翼運動のもとで道義を大切にした。しかし、おんな活動家にあってはすでに、貞操のしきいはまたいでいたはず。むろん性への好奇心もあったろう。女医のように根本も、平野謙にモーションをかけてきたかもしれない。問題は、そのときの平野謙の性衝動いかんなのだ。道義を超えるほどに、平野謙の性衝動が強くなかったということ、ではないか。これもまた藤枝の感想だが、平野謙は「実は女に対して異様なくらい融通のきかぬ固物」（「平野断片」）ということでもある。

## 全身活動家、小畑達夫への反発

リンチ共産党事件から四十年以上が過ぎて、評論家、立花隆のたんねんな調査によって、小畑スパイ説は否定された。政治家の浜田幸一も『日本をダメにした九人の政治家』（1993・12 講談社）のなかで否定している。わたしは、立花の文章を『日本共産党の研究（三）』（1983・7 講談社文庫）をとおして読んだ。リンチ現場の凄惨なシーンが、とてもリアルである。ついに果ててしまう小畑のウオーという断末魔の声がきこえてくるようで、しばらく、陰鬱な気分が尾をひいた。

一九三三（昭和8）年十二月二十三日、渋谷区幡ヶ谷のアジトに、大泉兼蔵と小畑がスパイ摘発による査問のため呼びだされた。党中央からは宮本のほかに、秋笹政之輔、逸見重雄、袴田里見などがひかえていた。リーダーの宮本は小畑を「スパイの統制者」ときめてかかった。「オレはスパイではない」。否定すればなお責められる。猜疑心にとりつかれた彼らは、小畑がいくら抗議しても解除しない。自白の強要を強いるばかり。そして、翌日二十四日午前一時、大泉のスパイ告白がはじまる。大泉は一刻も早くリンチから逃れたい。「党内のスパイの名前をあげろ」。警察はスパイどうしの連絡はとらせないものだと応じるが、なお問われ、大泉は三人の名前をあげる。その一人が小畑であった。「この野郎、でたらめをいうな。貴様がスパイであることは確かだが、俺はスパイではない」。小畑が押し入れからどなった。大泉の告白で、小畑へのリンチはよりすさまじくなる。午後一時、四人が小畑をとりかこんだ。さいごは柔道の心得のある宮本の技がきまり、小畑は急死するのだった。二十六歳。

さて、なぜ平野謙にとって、小畑はスパイでなくてはならないのだろう。共産党がリンチ事件を正当化するためには、小畑がスパイでなくてはならない。これはわかる。平野謙は死ぬまで小畑スパイ説を主張した。小畑は出世コースを昇りつめ党の中央委員にまでなった。平野謙は小畑を、宮本と同列に位置づけたかったのかもしれない。戦後ずっと、党の女性蔑視と日常性軽視を批判してきた平野謙のことだ。小畑も党の人として、その批判の対象にしたかったのだろうか。

平野謙は、「文学作品に反映したスパイ・リンチ事件」（1976・4「文學界」）のなかに、小畑が「警視庁に買収されたスパイ」になった経緯を推理している。小畑がスパイに変身したのは、一九三一（昭和6）年夏、万世橋署に検挙されてからだ。日本通信労働組合の中央委員長ともなれば、刑務所ゆきはまちがいない。だが、小畑は起訴されずに釈放された。このとき、警察からスパイを承知させられたのだ、と。だが立花によれば、全協の活動家の段階では処罰できない。小畑が入党したのは翌年秋のこと。全協の幹部でも党員でなければ、四十日の拘留ぐらいで釈放される。これが労働運動の常識だという。

さらに平野謙は、小畑スパイ説を補強する。一九三二(昭和7)年三月、壺井繁治が日本文化連盟(コップ)への弾圧により起訴された。面会にいった妻の栄を通じて「ツクエという名前で警察から追及されているから気をつけろというレポ」が、壺井に紹介状を書いてくれた女性から平野謙のもとにとどく。同年夏のこと。日本通信労働組合で使っていたツクエという自分のペン・ネームを知っているのは、小畑以外にない。警察にばらしたのは小畑だと、平野謙は直感した。立花は、平野説は根拠が弱いことと、前提から結論への論理が飛躍していることを指摘する。

立花の文章のなかで、次の点についても注目したい。全協中央部では、党の天皇制打倒というスローガンでは労働運動ができないので、そのスローガンをおろすという決定に全員賛成していた。理論家の平井羊三が建議書を書いて党中央に提出する。そして、全協から党中央入りしている小畑にけしかけ、党中央内部で自分たちの意見がとおるよう運動させた。小畑は大泉を味方につけた。この一件で、全協と党の対立は決定的に悪化する。リンチ事件は、党にたてつく全協指導部をつぶす目的のものであった、と。全協の中央部にいて小畑と同郷の吉成二郎が立花に述べた話だ。

どうして平野謙は、ひょっとしたら小畑はスパイじゃないかもしれない、と発想しなかったのだろう。党の嫌疑に疑問をもたなかったのか。平野謙らしくない断定だ。それも党の、六人で構成されている最高機関の中央委員会のなかに、二人ものスパイを潜入させていたその組織のもろさを批判したい平野のねらいとかかわりがあるのかもしれない。そのために小畑スパイ説はとりさげられない。

また平野謙は、「私は小畑達夫に対してある個人的な怨念をいだいてきたのである」（『リンチ共産党事件』の思い出」1976・2・27「週刊朝日」）と書く。半月以上同居したことのある小畑を「質朴な革命的な労働者」と信じた。人間的にも心を動かされたかもしれない。だからこそ平野謙は、小畑に下宿の客膳や時計や衣類などをプレゼントした。だが小畑は、この個人的な好意を裏切った。あくまでも平野謙の個人的な好意にちがいない。信頼という、人間としての美質を裏切られた、平野謙のくやしさなのだ。活動家としての小畑の人間性を批判したいのである。

この「個人的な怨念」について、平野謙の同僚教授、中山和子が「運命的な三角関係」によるものとみている（『平野謙研究』共著、1987・11　明治書院）。根本をめぐる平野謙と小畑との三人の恋愛関係のことなのだが、そうだろうか。「聡明な根本の運命をそこまで狂わせた、そもそもの男は小畑」だ、とみる学者フェミニストのこの解釈に、わたしは賛成できない。左翼運動にとびこんだ根本はすでに、花嫁志願の世間のコースから外れているのだ。根本は一九三三（昭和8）年四月に逮捕された。そのおりの新聞報道によれば、小畑と別れて、日本金属のフラクの内妻になり銀座のカフェの女給をしながら大金をみついでいたという。このことを根本自身が不幸に思っていたか。彼女の「運命をそこまで狂わせた」のは、なぜ、平野謙ではなく小畑なのか。

小畑はわたしが想像するのに、根本には自分から接近したのであろう。彼は不特定多数の女たちとかかわっていたかもしれない。モテ男とはちがう。しっくりと満足できる女性とはめぐりあえないから、心が癒されない。その空しさを革命運動に身を挺することで埋めていた。融通のきかぬ頑固者だ。口下手で、人づきあいが苦手で、だから人から疑われやすい。孤独でさびしい人だ。十代後半からのめりこんだ革命運動に無念さをのこして、小畑は他界しているであろう。

立花の研究によれば、小畑は一九〇七（明治40）年、秋田県大館市に生まれた。小林多喜二の生地とおなじだ。実家は小地主で、父親が准教員であった。中学四年のとき、野犬をなぐり殺し、鍋にして食べるという事件を起こし、退学処分にあっている。「親分肌の活動的な少年」で、故郷にいるころから社会主義運動にかかわっていたという。一九二九（昭和4）年に上京し、郵便局員となり、全協の組織に加わっていく。

こうみてくると、同年の平野謙と小畑は、対照的だ。平野謙を全身評論家といえば、小畑は全身活動家である。小畑のほうが平野謙をどのように思っていたかは、皆目わからない。

## 結婚への疑問――「なすなし」の世界

「なすなし」は、一九三六（昭和11）年十月、同人雑誌「批評」第三号に発表された。松田康雄というペン・ネームで。同年、平野謙は本多、山室静の同人に新しく加わった佐々木基一、小田切を知る。「なすなし」の執筆は、その年九月。平野謙は、自作の最後にかならず執筆年月をしるした。なおこの小品は、随想集『はじめとおわり』（1971・2 講談社）に再録されている。「高見順論」の最初の部分を同誌第七号（1937・6）に発表し、これ以降ペン・ネームを平野謙にきめる。

「結婚という生活的変化」で、「これまでの地盤」がなしくずしに崩れかけている。男は「自己の非力」に暗たんとする。女は「なお死にかけているヒヨコにかかずらわっている男の態度に不純を感じる。男女は、たがいにちぐはぐな気持ちをいだき、ともに張り合いがもてない。結婚して半年がたつ。バラ色の新婚生活とは、ほど遠い。男と女には名前がない。「伊勢物語」みたいだ。男のほうを平野謙だとみてはならない。男女どちらにも、平野謙の当時の心境は投影しているであろうから。女は、「いつも男の存在が自分の意識の中心を占めるようになった」結婚生活とは、「哀しい」と思う。不幸な境涯に落ちこんだようで、実家へ手紙を書く。「自分たちの生活のヒズミ」について悩むのだった。そして、「もう一度働こう」と決心するのである。

この小品には、左翼運動が衰退したあとにおとずれた転向時代の、平野謙の率直な心情が吐露されている。げんに平野謙は、ヒヨコではないが小鳥を家で飼いはじめている。このころから夫婦は、あまり平和でなくなった。平野謙は、小さい生き物のいのちへ哀れみの心をよせる。これは、平野謙の衰弱した心境のあらわれなのだ。転向時代、同志だった男女が夫婦にステージを変える。日常性に復帰して家庭生活を営むその困難については、佐多稲子の「くれなゐ」(1936・1〜5「婦人公論」)にくわしい。この中編小説の連載中に平野謙がひどく共感したのも、自分もおなじテーマに直面していたからにほかならない。

さらにこの「なすなし」を読みこめば、しまった、結婚をはやまった、という平野謙の結婚不信の思いも浮上してくる。一九三八(昭和13)年十二月に行なわれた本多秋五の結婚式の披露宴で、平野謙は、「私は結婚生活というものに根本的な疑いを持っています」とスピーチして、出席者をおどろかせたという。これも藤枝の証言であるが、平野謙は、自分の結婚について告白しているようなものだ。高校から大学にかけて、もともと文学志望の平野謙は、自然主義文学の作品をたくさん読んできた。正宗白鳥の「泥人形」のなかの、見合い結婚の非情な描写に戦慄したという。その反動か、自分は恋愛結婚がしたいと考えるようになった。しかし平野謙は、理想どおりに現実はいかぬことをしみじみ思い知ったにちがいない。

「私たちはこの度左記のところに同居しましたので宜しくお願い致します」。こんな文面の、活版刷りはがきが藤枝あてに舞いこんだ。平野謙と泉田鶴子の連名で。平野謙が田鶴子夫人と、四谷の坂の途中にある三階建てアパートに同居したのは、一九三三（昭和8）年のことか。その同居を田鶴子夫人の側からいえば、こうなる。〈どこへも行きどこがない二人の一つ穴に落ちあったようなもので、相手がその場所に待っているいないにかかわらず、なんとなくそこへ帰ってくるように帰ったものであった〉と。

しかし、この同棲から結婚へ、平野謙は転換している。わたしは、昭和初期に活躍した男女活動家を何人か取材した。彼らは、左翼運動の渦中でむすばれた相手とは別れて、べつの人と結婚していた。つまり仕切りなおしをしていた。彼らの話のなかには、元彼、元彼女が登場してきたものだ。平野謙は、田鶴子夫人を左翼運動でのハウスキーパー、と呼ばれたくない。「女性蔑視」の道具として使い捨てにした、とみられたくなかったのだ。泉田鶴子とは別れていない。平野謙は人間として、愛情よりも責任をとったのである。

男は外へ働きにでる。女は内で家事をする。これが世間の夫婦のありようだとすれば、「なすなし」の男女のありようは、それとは逆転している。これについても、同居当初から平野謙が、自分の実生活でとらざるをえなかったスタイルであった。田鶴子夫人がこう話したことがある。〈家計のやりくりはいっさい平野に知らせずにやってきた〉と。〈結婚後、投資している〉とも。だから、平野謙全集の印税を遺族年金のようにうけとりたかったというのだ。全集は平野謙の生前に刊行された。田鶴子夫人の言い分はもっともであろう。

当時、田鶴子夫人が何をしながら家計を支えたのか、わからない。平野謙も書いていないが、藤枝によれば、田鶴子夫人はマネキンガールをしていたこともあった。「昭和期に入ってからは、新商品の宣伝販売にデパートに派遣される女子店員をマネキンガールといい、当時の流行語となった」と、『日本大百科全書』（小学館）に書かれてある。化粧品の宣伝をしていたのか。東大中退生、栄養学校生には、実家の仕送りもあったろう。

平野謙は、改造社の『現代日本文學全集』を手当たりしだい読んだり、大橋（三康）図書館に行っては探偵小説をむさぼり読んだりしていた。平野謙が左翼運動から退いて、「文学を自分の生涯の仕事にしたい」（「藉すに歳月をもってせよ」1958・3「婦人公論」）とねがう。だが、自分はそのつもりでいても妻を説得できていたろうか。平野謙が怠け者の暮らしをつづければ、無為徒食の人、オブローモフだ。ロシアの作家イワン・ゴンチャロフに「オブローモフ」という長編小説がある。独身青年オブローモフは、貴族の生活に絶望しながら新しい生活をつくりあげる気力がない。夫の生活態度をみて、田鶴子夫人の脳裏には、オブローモフが連想されたかもしれない。夫は妻を扶養するもの、という世間の通念を妻が主張すれば、定収入を運んでこない平野謙も、田鶴子夫人から不平不満をぶつけられた、とは充分推察できることだ。

一九三七（昭和12）年四月、平野謙は東大に再入学している。竹村書房にもつとめ、毎月二冊の単行本の校正をする。本の広告文案を書くため、その本を読まなければならなかった。

## 作家たちと交流

一九三四（昭和9）年ころから、平野謙は、中野重治、宮本百合子、窪川鶴次郎、窪川いね子（佐多稲子）、壺井繁治、壺井栄、湯浅芳子、城夏子などの作家と交流している。「彼らの家にいって話をきくのが私のよろこびだった」と、「宮本百合子のこと」（『政治と文學の間』）のなかに書く。徹夜仕事に疲れていただろういね子の肩をもみながら、夫の窪川はそのままの姿勢で、大きな声で文学論をしかけてきた。「いつも活気にあふれ、精神のめげなさを示していた」「彼らの生活はすでに困難なものだったろうに」。「まだ自己の資質について明瞭な自覚をもっていず、なんら将来のメドもたっていなかった」平野謙であったが、彼らを信愛し、「精神の糧をくもうとした」。湯浅のロシア語講座には、田鶴子夫人も出席しレッスンをうけている。平野謙より覚えがよかったそうだ。〈記憶力がいいだけでした。頭のよさとはちがいます〉と、田鶴子夫人の謙遜したのが印象ふかい。レッスンは一九三六（昭和11）年ころのことだ。

田鶴子夫人も作家たちと交流する。湯浅とは親しかったが、城には排除されたという。壺井栄とも親交があった。〈壺井さんとその周りの人たちは、乱暴なことばを使ってましたよ。小説のなかでは、ていねいなことばになってるけど〉。田鶴子夫人の文学談義はひとしきりつづく。〈円本を買いロシア文学をたくさん読みました。後年、ロシアを実際にたずねると、小説世界が目の前にひろがり感激した。きびしい自然環境のなかで育ったロシア人は、物を大切にしていて、日本人よりも好感がもてた。彼らの生活ぶりをとおして思ったのだけど、日本人がロシア人を敵にまわすことはまちがいだって。戦争も日本の敗北に終わるだろうと、早くに予想してました〉。〈もういちど文学を勉強したい〉とも、老いて田鶴子夫人は話している。なお円本とは、昭和初期に多くの出版社から刊行された一冊一円の全集本の総称だ。

## 妻の、性への不満

「女の人からセックスが最高だと言われるのが、僕の夢ですね」。わたしは序章で、辺見庸が吉本隆明に語ったせりふを紹介した。一九四四（昭和19）年生まれの辺見にして吐ける本音にちがいない。平野謙など明治生まれの男がきけば卒倒しかねない。評論家の中村智子は『人間・野上弥生子━「野上弥生子日記」から』（1994・5 思想の科学社）のなかに、彌生子の日記には夫への性の不満が記されていると指摘する。田鶴子夫人にも、お金のほかに性の不満があったのではないか。女として認められない苛立ちである。さきの〈だまされた〉という田鶴子夫人の気持ちのなかには、平野謙に直感した体格だけでなく、セックスアピールも期待はずれだったのだ。妻がモーションをかければ、夫は、毎晩しつこいと一蹴する。

だから田鶴子夫人は、夫はよそに愛人をかこっていやしないか、疑うことになる。隠し子が現れやしないか、心配もする。平野謙の死後まもなく、〈平野に愛人がいなかったか〉、田鶴子夫人はわたしに訊いてきた。二人を疑っていた。どちらも平野謙の担当編集者をしたことがあり、昭和ひとけた生まれの女性だ。彼女は、応接間で仕事の打ち合わせをしながら〈平野と手もとらんばかりだった〉という。筑摩書房の編集者をしていた吉倉伸によれば、書けないでいる作家のもとへ出むき将棋なぞしてお相手せよという社長命令がくだった。ボーイッシュな美人のその彼女は、重宝がられ、いろんな作家のところへ出かけた。もう一人とは、〈平野とのあいだに、どうもプライベートなことがあったらしい。あの不良少女が、プライベートな関係をつくるぐらい、わけないから〉というのだ。田鶴子夫人はなんと、二十年以上も、夫への疑心暗鬼を晴らせずにいたのだった。

一九七九(昭和54)年五月三十一日、新橋の第一ホテルで開かれた平野謙をしのぶ会で、作家の中村真一郎がこんな挿話を披露している。「女房が亭主の一年前の浮気にやきもちをやいているけれども、そんなことはあり得ないんで、リアルでない」と、平野謙が中村作品を批判した。「非常に驚くべき見解である」と、中村は平野に手紙で反論したという。さらに中村はこう述べている。平野さんという人は「愛情の問題とかセックスの問題に関して非常にアイデアリスティックな方」(『平野謙を偲ぶ』)だと。中村のいうとおり、世の妻は二十年も三十年もやきもちをやくもの。二人の女性編集者が平野謙を担当していたのは、二十余年も前のことだ。その間、平野謙は田鶴子夫人にねんごろな説明をしないできたのだろう。

愛人の影を妄想する、これも妻が夫から、「ええ気持ちにさせてもらって」いないために生ずる被害ではないか。おそらく田鶴子夫人も性に不満を感じていたのであろう。彌生子などのように。平野謙は、お金そして性においても、田鶴子夫人を征服できていなかった。家庭内で主導権がにぎれないでいた。鏡台のガラス半分が欠けるほど派手なふるまいをする。妻とむきあい対話するなぞできなかったのだ。家庭内にたしかな居場所もなくて、平野謙の心は、孤独に不安のなかをさまようのだった。田鶴子夫人にとっても、〈年中あくせくして生きる甲斐もない〉日々であった。

## 情報局に勤める――不覚の経歴

〈そんなに恩を感じなくてはいけないことなの。おおげさな。当時、平野から相談されなかった。平野がそういうところに勤めたのがいけないんだけど〉。平野謙が情報局に勤めるさい、田鶴子夫人は相談されていないという。情報局の上司だった井上司朗が、平野謙の他界した翌年、一九七九（昭和54）年九月、「月刊時事」に「忘恩の徒・平野謙を弔う」を発表した。それを東京新聞夕刊の匿名コラム「大波小波」がとりあげた。それを読んで田鶴子夫人は立腹したのだ。その一文を井上が平野謙没後に発表したのには、わけがある。これについては後述したい。ついでに書けば、田鶴子夫人は〈平野が恩賜賞をとるのは、おかしいですものねぇ〉とも、言った。

重要なことにかんしてさえ、平野謙は、妻に相談していないのだ。思うに、夫婦のコミュニケーションが円滑で充実していれば、あるいは、情報局勤めは回避できたかもしれない。夫婦の不和、対話の欠如が、外部への抵抗をなくすことがある、とも、わたしは考えてみた。

平野謙は、情報局に勤めていたことを三か所に書いている。「アラヒトガミ事件」（1953・11『群像』）、「情報局について」（未詳）、「情報局のころ」（1964・3・13、14　東京新聞夕刊）と。そのひとつ「アラヒトガミ事件」には、このようなことが書かれている。「人はどう思っているか知らないけれど、私が情報局第五部第三課につとめたのは、ひとつの偶然だった」と。その課長だった井上が、後年にこのくだりを読んで怒り、ついに、平野謙の五度もの「哀訴嘆願」を暴露するのであった。

一九四一（昭和16）年初頭、東大を卒業した翌年のことだが、平野謙は、情報局の嘱託採用をたのむため、井上の勤務する役所に三度、大森の自宅に二度、たずねてきたというのだ。五度もたのみにきて「偶然」とはなにごとか。平野謙が働きやすいように、また給料についても気をつかった。上司として普通以上の友情で接した（『証言・戦時文壇史　情報局文芸課長のつぶやき』1984・6　人間の科学社）のに恩知らずだと、井上は怒った。しかし、田鶴子夫人がいうように井上は恩着せがましい。むろん、平野謙はこの事実を生前に発表していない。秘密事項であった。

その勤務が「偶然」であったか、否かはともかく、この五度詣でこそ、平野謙にとって消去できぬ屈辱の体験ではなかったか。プライドの高い平野謙が五度もたずねて就職をたのみこんだのだ。これに、田鶴子夫人はかかわっていない。妻にもだれにも吐露できぬこと。一九四一（昭和16）年二月から四三（昭和18）年六月まで勤めた情報局で何をしたか、このことよりもまず、この五度詣での屈辱的な記憶こそ、平野謙は消去できなかったのである。みじめな姿として脳裏にやきついてしまった。消去しようにも消去できない。井上を「おもてからもうらからもすきとおしの至極無邪気な人物」とみて、「各方面に自分を売り出そうとする態度がアケスケ」で「ほほえましいくらいだった」と、からかってみたところで。だから、その屈辱的なシーンを再現するなぞ、とてもできない。序章で書いたとおり、平野謙は教授として院生にむきあおうとはしなかった。院生の就職のせわなぞとんでもない。いや、たのまれたくない。あのときの自分の姿がぎゃくに、その院生をとおして再現されるのだから。時間の経過とともに、井上にもてあそばれたという感情も、平野謙のなかには生まれていたかもしれない。

内閣情報部情報局第五部第三課とは、平野謙の説明によれば、「本来は文学、美術、音楽、児童文化、その他の文化部門に一定の芸術政策を与えて、戦時体制下にふさう芸術指導をおこなうべきところ」である。つまり統制団体にほかならない。平野謙は官吏として芸術家たちをとりしまる側に自身をおいたことになる。二年とちょっとの日々ではあっても、平野謙は情報局に、「菊のかたちにナサケという字をうきだしたバッジ」をつけて通勤したのである。

では、その情報局で平野謙はいったい何をしたのか。「事務的な処理はすべて属官がするので、私はほとんど仕事がなかった。新聞のスクラップのほかには、上田課長の放送や講演の原稿の下書き、いろんな会の祝辞の草案などが主な仕事だった」。「など」と書いて、平野謙は口をぬぐっている。近代文学研究家の杉野要吉が『ある批評家の肖像―平野謙の〈戦中・戦後〉』（2003・2勉誠出版）のなかに、平野謙は東條英機の祝辞を代筆していたと明かしている。「など」のなかには、こんなにも重大なことが含まれていたのだ。

東條は、一九四一（昭和16）年十月、太平洋戦争が起こる直前、首相に就任するとともに、陸相、内相、のちに軍需相も兼任する。もともと皇室尊崇の念に厚く、それは上奏癖に現れた。軍事につけ政治につけ重要なことは参内して、直接天皇に上奏しないと気がすまなかった。歴代首相のなかでは格別なことだという。『昭和人物エピソード事典』（祖田浩一編　1990・8　東京堂出版）のなかにでてくる。戦後、一九四八（昭和23）年十二月二十三日、東條はA級戦犯として絞首刑を執行された。平野謙は、天皇について一度だけ、大学院の講義のなかでふれた。〈明治の人間は天皇とともに歩んできた〉と。東條の祝辞は、その意向にそって書かなければならないとすれば、天皇尊崇は避けてとおれないことではなかったか。わたしは、平野謙の「戦争責任」について作家の有賀喜代子に話したことがある。〈うちのせがれも、都庁で上司の挨拶のことばを、チェッと舌打ちしながら夜おそくまで書いてますよ〉とこたえた。高校の教師をする同級生に話せば、〈うーん、ぼくも校長に代筆させられている〉という。どこの職場でも筆のたつ人にその役目が回ってくるようだ。平野謙の場合も職場でのこと。しかし、この国の歴史を動かす重要な立場の人、東條総理大臣の祝辞の代筆なのだ。この行為をのちのちまで悩まないわけはない。さらにこの行為と、晩年の恩賜賞受賞とをどう結びつけて考えたらよいのだろうか。

井上は、豪邸に住み、福田赳夫など著名人と交際する企業家だ。逗子八郎というペン・ネームをもつ歌人でもあった。この分野での業績はとくにないそうだ。歌人で「短歌往来」を発行する晋樹隆彦のオフィスに、晩年の井上がたずねてきた。〈小柄で精かん〉な井上は〈頭がよくて〉〈老かいな〉男だったと、晋樹は話す。

一九四〇（昭和15）年四月、東大卒業後、平野謙は南画鑑賞会につとめ、小室翠雲が主宰する「南画鑑賞」の編集のバイトをして、四十円の月給をとっていた。翌年にはここをやめて情報局に勤めた。情報局へは生活に窮して勤めたのではないと、平野謙は弁明する。編集の「シンキくささに耐えきれなくなって」「もうすこし、マトモな職業につきたい」と思ったためだと、その勤務の動機を説明する。情報局は肉体の消耗がなくて給料が入る。それも、就職理由に影響していたかもしれない。

「身は売っても芸は売らぬ、というのが当時私自身に課したひそかな最低綱領だった。いま顧みて不充分ながらその最低綱領だけでもまもり得たかどうか、われながらおぼつかないが、もしまもり得たとすれば、私が無名にちかい一文学青年だったからだ。無論、レジスタンスなどとは思いもよらなかった」とも、平野謙は、さきのエッセイのなかに書いている。情報局勤務にかんするこの文章を読んで、井上はこのように反論した。「君の言葉には、人間の保身の卑しさのみが漂う。更に平野におう、君は喜んで体制に身を売った途端、それは既に魂までも売ってしまったことなのだ。芸など当然一緒だ」と。いつまでもおれはあんたの部下じゃないぞ。第三者にはそう叫びたくなるような、高慢な井上の反撃文ではないか。井上が激怒したのは、「身は売っても芸は売らぬ」という平野謙のことばであったか。ちがうと思う。自分のことを「オポチュニスト」などと、元部下の平野謙にからかわれたことに、井上は内心カチンときたのだ。そして暴露するという暴挙にでた。けんかを売ったのは、あるいは平野謙のほうだったかもしれない。だが客観的にみれば、井上も平野謙も情報局という一つ穴のムジナなのだ。

さらに井上は、平野謙の文章には事実関係への「誤り」があるので指摘したい、「資料を提供する」ので一席設けて話そうじゃないか、と手紙を書いた。一九七四（昭和49）年二月から三月のこと。平野謙は、「厄介な仕事」（全集刊行）を理由にことわる。一か月後の井上の再度のさそいは、日時と場所を指定してきたようだ。それが三月九日のことではなかったか。この日、わたしは平野謙と明大近くのあんみつ屋で話している。別れぎわ、〈これから人と会うんだけど、会いたくない人でねえ〉と、しょんぼりする。いやな編集者ならさっさと断ればいいのにと、わたしは気にも留めなかった。が、そのいやな相手が井上だとは後年に思いつくのだった。『むねん　渡辺久二郎歌文集』（1986・1　なべ・おさみ）に収録される井上の書簡を読んでいて、井上の二度目のさそいが、あの日の平野謙のせりふに重なってくるのだ。しかし、このさそいを平野謙はすっぽかした。井上が、平野謙の「音信が絶えた」と書いている。

一九四二（昭和17）六月、日本文学報国会が発足する。情報局を監督官庁とした官許団体だ。「文学による戦意高揚、国策宣伝のためのもので、終戦直後に解散した」と、『日本大百科全書』のなかにあるが、この設立に平野謙はいささか関係したという。この翌年、「全然自分に仕事をくれなくなって」情報局を辞任する。入れ替わりに本多秋五が入局し嘱託になった。「一種の身すぎ世すぎと思いなしていた」この情報局勤務を、数年後に宮本顕治からやっつけられ、平野謙はたじろがずにいられなくなる。

ここで近代文学研究家の猪野謙二のことばを紹介したい。平野謙の戦時中の体制順応を思わせるものを見つけて批判する、江藤淳のような評論家がいる（『昭和の文人』1989・7　新潮社）。しかしこれは文献、資料による判断でしかない。人間の言動を拘束していた当時の世間的な知名度とか、置かれていた役割とかを考えあわせないといけない。作家、評論家の全体像をみる必要がある。猪野は、桑名靖春が過去の文学勉強の道のりを問うなかで、このように答えている（『僕にとっての同時代文学』1981・10　筑摩書房）。

## 戦中のこと——戦慄すべき十日間

一九四四（昭和19）年五月下旬、中央公論社出版文化研究室の嘱託として、雑誌史編さんにたずさわっていたとき、郷里に赤紙がとどく。いきなりの召集令状に平野謙はビックリ仰天し、真偽を実家に電報でたしかめたほどだという。七月初旬、頭を丸刈りにして国民服を着て、三島の野戦重砲隊に教育召集される。「徴兵検査合格判定基準」は丙種であった。徴兵検査とは『日本国語大辞典』によれば、「毎年各徴兵区で徴兵適齢の成年男子を召集して、兵役に服する資格の有無を身体および身上にわたり検査したこと」とある。二〇一三（平成25）年の夏、朝霞市図書館で行なわれていた「第八回朝霞・平和のための戦争展」の説明によれば、「教育召集」とは、「陸軍が、第1補充兵の教育のため120日以内召集して教育する制度」とあった。丙種とは、体格の等位を区別する、甲種、乙種につぐもので、「身体上極めて欠陥の多い者」「現役には不適だが国民兵役には適する」と。

朝の点呼のさい、兵隊たちは「各自の故郷の方向にむかって『礼』をさせられた」が、平野謙は「年甲斐もなく母親のすがたを思いうかべて、本気に敬礼した」と、「応召十日間」（1956・8「風報」）のなかに書く。しかしそれも十日のこと。肺せんカタルの既往症を申しでると、「ラッセルがきこえる。このからだじゃムリだ」と軍医が宣告し、除隊になるのだった。帰省してこの間の弱卒ぶりを母親に話すと、カラカラ笑われたそうな。

## 九州へ単身赴任

兵隊から帰京した平野謙は、「本多秋五の情報にしたがって警視庁に出頭し、小田切秀雄らの担当の特高に逢った」。「『何だ、お前は帰ってきてたのか。じゃこっちへ来てもらわんならんなア』と高飛車に出る特高に」「ひたすらカンベンしてほしいとたのんだ。兵隊コリゴリなら、ブタ箱もまっぴらだと思った」。「苦心して特高の自宅を探しあて、すでに入手しがたくなった物資なども運んだものだ」という。東京にいなければ見逃してやろうという特高の指示にしたがい、「現代文学」同人の大井広介にたのみ、平野謙は、福岡県の麻生鉱業株式会社の業務部嘱託となった。一九四四（昭和19）年四月、荒、佐々木、小田切は、治安維持法違反容疑で検挙されていた。三人はマルクス主義芸術理論の研究会をもち、「文藝学資料月報」を発行していた。そこにゲストとしてよばれた平野謙にも影響がおよぶこととなった（「《文學報國》のこと」1977・3、4「文藝」）。麻生鉱業には四四（昭和19）年九月から一年つとめる。紺の脚絆、地下足袋ばきという格好で、平野謙は、地下数千尺の坑内へもさがってみる身の上となったのである。この間、平野謙は単身赴任であった。

平野謙にとって入隊も入獄も、肉体的恐怖にちがいない。か弱い肉体をひたすら護ろうとする平野謙のエゴイスティックな自衛本能がはたらいた。情報局勤務も、この共通線上にあった。

おなじ手段によるのではないか。兵役をなんとか免れたい一心の肉体的配慮は、情報局勤務が戦争協力に通じるなぞ考える余裕もあたえない。「出処進退にズボラなたち」を自認する平野謙には、ただ、自分の肉体がいとおしかったのかもしれない。

この年一月、平野謙は父親をなくしている。また、弟が満鉄（南満州鉄道）調査部の事件に連座して、まもなく囚われの身となった。二番目の弟がガダルカナルで戦死する。満州（中国東北部）にいる妹が出産直後の精神錯乱によって二階から飛びおり重体という電報がとどく。母親が動転し、かまどの前で妹婿をのろうようなうめきを発した。三、四番目の弟が応召する。「日本の運命と折り重なって土崩瓦壊するわが家の命運をまのあたり見る思ひがした」と、平野謙は『島崎藤村』の「あとがき」に書く。麻生鉱業の寮で、歯をくいしばって「新生」論のノートをとったけれど、はかどるわけがなかった。平野謙自身、戦争によって、このようないくつもの理不尽を被っている。しかし、それを告発してはいない。戦争への怒りや戦争による犠牲にはふれない。平野謙は、アクチュアルなことよりも、悲しみをいだく個人に思いをいたすのであった。

一九四五（昭和20）八月十五日午後三時、平野謙は、新聞の号外で戦争の終結を知る。「戦争は終るものなのだというような名状しがたい驚き」とともに、号外をむさぼるようにくりかえし読むのだった。

# 第二章　戦後文学の出発――個人的表明

## 平野謙はフェミニストか

明大近くに丘という喫茶店があった。中国文学者の松枝茂夫はここを利用していた。平野謙はこのうすぐらい喫茶店をいやがった。第一章に書いた三月九日は、御茶ノ水駅に近いあんみつ屋を利用した。〈ずいぶん文章がうまくなっている。しかし、序論的な印象はまぬがれがたい。いや、中本たか子という作家じたいが、長編小説「白衣作業」をのぞいては文学史的価値にとぼしい。まぁ、研究損だなあ〉。昭和初期、新感覚派文学からプロレタリア文学に転向した中本たか子についてまとめた原稿を、わたしは、指導教授の平野謙に提出していた。その批評だ。すでに、修士論文「佐多稲子論」の文章について注意されていた。

〈いまのところ、女性の文芸評論家は竹西寛子だけだ〉〈駒尺喜美さんは?〉〈えっ、あのひと女性なの〉。こんな会話がいまも記憶にあざやかだ。駒尺は夏目漱石にかんする論文を発表していた。このころは法大教授であったが、のちに女性学の分野でも活躍している。駒尺の『魔女の論理―エロスへの渇望』(1978・6 エポナ出版)につよい衝撃をうけて、わたしはくりかえし読んだものだ。竹西は元編集者で、平野謙の『昭和文学入門』(1956・3 河出新書)を担当している。『往還の記』(1964・9 筑摩書房)で文芸評論家デビュー。古典と現代との往還を中心とする評論だが、とくに感銘はうけなかった。竹西は小説も書き、田村俊子賞、平林たい子文学賞など受賞に恵まれている。二〇〇一（平成13）年には勲三等をうけ、一二（平成24）年には文化功労者に選ばれている。〈ものを書くというのは、下駄屋さんが鼻緒をすげかえていればいいのとちがう。つぎにはべつの作家のことを書いていかなくちゃいけない〉〈男性作家が作品のなかで女をどう描いているか。それを検証してみるのもいい〉。いまも印象につよく残っている平野謙の指導内容だが、フェミニズムの視点で女性研究者たちが文学作品を盛んに論じるようになるのは、これより十年後のこと。平野謙は授業中に、吉屋信子が「ときの声」のなかで娼妓たちの決起について書いている、とか、島崎藤村の「新生」の「節子」のことをどう思うか、とか、教室のなかの紅一点に質問をふりむけてきた。しかし、わたしは意識不足で満足に答えられない。さぞかし、平野謙はふがいなく思ったであろうと、いま思いかえしても恥ずかしい。

『平林たい子全集』（１９７６・９〜７９・９　潮出版社）全十二巻刊行のさい、わたしは書誌編さんの仕事にたずさわっている。たい子の作品探しに一人だけで没頭した。あちこちの図書館に連日のように通いつめた。たい子は文芸誌だけでなく、婦人、社会、政治、放送などの雑誌にまで手びろく寄稿している。そして何紙もの新聞に。著書も多い。手当たりしだい閲覧するのだ。そして、作品は原稿枚数に計算する。ほんとに刊行する気があるのか、疑いたくなるような担当編集者であったから、その作業は大変だった。しかし、ここで退散すれば全集の刊行はおぼつかなくなると、腹をくくるしかなかった。ある日、その編集者が、「解説」の執筆者に〈平野さんがタケニシカンコを推薦してきた、竹西寛子のことでしょ〉という。竹西の「解説」は第十二巻に掲載されている。これは、わたしの知りえた一例にすぎないが、平野謙は、こんなふうに女性の書き手を推薦しては、進出をあとおししていた。平林たい子記念文学会の理事が、平林たい子文学賞の選考委員であり、また、『平林たい子全集』の編集委員であり、その「解説」執筆者でもあった。そこに竹西の執筆をわりこませたことになる。駒尺が、自然主義作家という知識人の「自由も解放も、いわば自分どまりのもので」、「どこまでも自己中心的なものであった」と、批判している。平野謙はその知識人レベルをちょっぴり超えていよう。平野謙が「新生」論を書いてから三十年が経過していた。その間、平野謙は女性の書き手の進出に無関心ではなかった。この一事をもって平野謙はフェミニストだときめるのは性急であるが、その当否は、平野謙の論文そのものが明かしているはずだ。

## 妻の反乱

田鶴子夫人が栄養学校へ出かけようとしたら、平野謙は〈行かないで〉と止めてきたという。マザコンを想わせる平野謙が、飯塚市の麻生鉱業には単身赴任しているのだ。『平野謙全集』第十三巻（1975・12）に収録された、青山毅作成の「平野謙書誌」の年譜は簡略である。〈私的なことは書かないでくれ〉と、平野謙から注文がつけられたとは、青山が話していた。平野謙没後に刊行された『平野謙を偲ぶ』のなかに収録された青山作成の年譜は、加筆されている。が、単身赴任ということについてはふれていない。これまで特別注目されてこなかった事実ではないか。田鶴子夫人は独り、井の頭公園近くの牟礼に住んでいた。平野謙の独断の単身赴任ではなく、田鶴子夫人のほうが同行を蹴ったのではないか。マザコンの平野謙は、妻はとうぜん同行してくるものと思っていたであろう。

しかしこの一年間、筆まめな田鶴子夫人から手紙がとどいていたと思う。ずばずばものを言う田鶴子夫人は、男の横暴を突きあげてくる。平野謙はぎょっとしたかもしれない。主義や思想などこむつかしいことよりも、女の生活感情をもろにぶつけてくる。手紙は反復できる学習方法だ。「我らが女房の仮藉なきリアリズム」は、「男子の思いもよらぬ苛辣な人間観察と独特の記憶につらぬかれ」、「三界に家なき忍従の歴史に鍛えられた」「知恵の実」なのだと、平野謙はエッセイ「女房的文學論」（１９４７・４「文藝」）のなかで評価する。おりしも、この飯塚市の地で「新生」論を書いていた。その論に田鶴子夫人のことばが影を落とさないわけはない。たしかに平野謙は、有島武郎の「或る女」や長塚節の「土」や藤村の「家」など自然主義文学の作品群を読破して、日本の女たちの虐げられた長い歴史について認識していた。そこへ田鶴子夫人のナマの声がとどけられた。「女房的文學論」によく活かされることになる。ここで、序章に書いた応接間での夫婦のやりとりを思いだしてほしい。平野謙は妻の発言を無視しないで、いちいち応えていた。対等な会話とみることはできないけれども、田鶴子夫人のことばを平野謙は胸におとしていたにちがいない。むろん、妻のことばをきっかけに対話へもっていくものではない。むしろ、抑えこもうとしていた。しかし平野謙は、自分の評論のなかでは、男が女の会話を抑圧する場面にとても敏感になっていることに注目してほしい。

「女房的肉眼」。これは平野謙お手製のことばだそうだ。男たちはよく、「記憶にありません」なぞといってその場を逃げてしまう。その無責任を批判できる女たちのリアリズムは、甘っちょろい観念ではない。平野謙は田鶴子夫人と同居いらい、思いもよらぬ男の盲点を足もとから突きあげられ、女にかんする学習をよぎなくされてきた。さらに、この別居期間に手紙で特訓されたのではなかったか。

昭和十年代初頭から交流してきた稲子も栄も百合子も、作家として活躍している。湯浅もロシア文学者として独り立ちしている。田鶴子夫人にはそれが果たせていない。子どももいないから家庭に落ちつけない。子どもは戦後になって、一九四七（昭和22）年十月に長男が、一九五〇（昭和25）年四月に長女が誕生している。高齢出産であった。女性として田鶴子夫人はいわば宙ぶらりんの状態に置かれていた。女として認められない不満や、妻を見くだすような態度への反感が積もり積もっていたとしたら、それを夫に投げてきたろう。そのボールは、平野謙の「新生」執筆を直撃したかもしれない。平野謙が藤村のめいの「節子」の側に立ちえたスタンスも、田鶴子夫人のボールがあってのことだと、わたしは考えている。

## 藤村の「新生」を分析する

一九四六（昭和21）年一月、平野謙は、山室、本多、荒、埴谷、佐々木、小田切とともに、評論を中心とした「近代文學」を創刊した。同誌は六四（昭和39）年八月までつづき、百八十五号で終刊する。その創刊号に発表された平野謙の「島崎藤村―『新生』覚え書」（１９４６・１、２合併「近代文學」）をあらためて読んでみた。

藤村の自伝的な長編小説「新生」は、一九一八（大正7）年五月一日から十月五日までと、翌年四月二十七日から十月二十三日まで、東京朝日新聞に連載された。中年の男やもめが性欲に負けて、郷里から家事の手伝いにきていためいをおかして妊娠させる。藤村の実体験なのだ。藤村は妻をなくし、四人の幼児と暮らしていた。藤村の次兄の娘、島崎こま子は、藤村の二分の一の年齢にすぎない。叔父の、めいとの性愛。この後始末をめぐって、男は悶々とする。一九一三（大正2）年四月から三年間、藤村はフランスに単身渡ってしまった。臆病な男の逃避行とも見えるが、藤村の、危機にあって「いかにして生きぬきたい」という生への貪欲な決意にちがいない。そして帰国後、実体験の作品化へ。それは、世間に身内の恥をさらすことになる。また、女性ファンのヒンシュクを買いかねない。平野謙は「なんといふ哀切な光景だらう」と見ながらも、きわめて現実的に分析する。しかし「哀切な」という情緒的な形容動詞がめだつ。

「藤村が『新生』を書いた最大のモティーフは、姪との宿命的な関係を明るみへ持ちだすことによつて、絶ちがたいその結びつきを一遽に絶ちきるところにあつたのだ」と。作品化については「恋愛からの自由と金銭からの自由とを現実化する唯一の手段」だと。この分析を高く評価したのが、文芸評論家の花田清輝であった。

さらに平野謙の論文のなかに、こんな抗議のことばが書かれていて、じつはおどろいた。「新生」に並べられた手紙、感想、短歌などからみて、彼女に一種の文学的才気のあったことは疑えない。藤村はなぜ、そのような芽ばえを養い育てるために、「処女地」発刊のさい、彼女に声をかけてやらなかったのであろう、と。彼女とは、作中の「節子」であり、実在のこま子だ。叔父に妊娠させられためいのこと。「処女地」（1922・4〜23・1）は、藤村主宰の女性文芸誌で、「新生」が五か月にわたり連載されたその翌年四月、藤村が自費で発行したものである。平塚らいてうの「青鞜」のような文学史的意義はなく、わずか十号で廃刊になった。同人のなかでただ一人、鷹野つぎが文壇にデビューした。もう一つ、編集助手の加藤静子が藤村と再婚した。平野謙はこの女性誌を、女学校の校友会誌の延長にすぎないものとみる。だから充分にこま子も寄稿できたのに、なぜ藤村は彼女を誘わなかったのだろうと、抗議を投げかけるのだ。まっとうな平野謙の抗議である。書くことの好きなこま子も、同人参加を望んでいたであろう。藤村から声がかかれば、こま子の気持ちもいささか救われたろうに。

わかいころ郷里、長野県木曽郡で、このこま子と交際していたと話したのは、昭和初期にアナーキストで、のちに作家の八木秋子だ。二人の父親が友だちどうしであった。こま子は藤村を〈冷酷な人だ〉と秋子に訴えたという。こま子が女友だちに語りえた本音である。一九三七（昭和12）年三月六日付の東京日日新聞が、こま子の数奇な実人生の一部を報じている。台湾の旅から帰ったこま子は、京都の知人宅に身を寄せた。社会科学研究所の合宿のせわをしている。自身も社会運動に関心をいだくようになり、研究所に出入りしていた大学生の長谷川と恋におち結婚する。夫とともに検挙された。そして一九三二（昭和7）年、二人は上京。しかし長谷川は、こま子と生まれたばかりの女児を置いて地下に潜った。潜行とは「社会の表面から姿を消し、官憲の目をしのんで、秘密に活動すること」。こま子は生活苦とたたかっているうち、過労と栄養不良から肋膜炎にかかり東京都養育院に収容された、というのだ。藤村は二十年来、こま子の消息を知らずにきた。友だちを名のる女性が、飯倉片町の藤村宅を訪ねてきた。一九三三（昭和8）年ころのことか。藤村はその女性にお金を託したと、新聞記者に話している。この友人とは、あるいは八木のことではなかったか。わたしにはそう想えてならない。この老人ホームには、八木も老いて入居している。わたしはここに八木を何度もたずね、こま子の本音を知ることになるのだった。

主人公「捨吉」は藤村の分身なのだから、おのずと身びいきして描かれる。「節子」は「あやつり人形」みたいなもの。自分を主張できずに終始する。そうしか描けていないのだ。「節子」には母性としての立場から叔父に責任をせまる権利があってよい。それを「捨吉」は抑えている。

いや、藤村が描こうとしないのだ。自然主義文学を克服できていない。平野謙は、「捨吉における自由要望の声が終始一貫して捨吉ひとりの自由に限定されてゐたといふ事実」を指摘する。駒尺もこれとおなじ批判を述べる。「『新生』によって新生したのは藤村だけである」と。男がもっと広い自由な世界へ飛翔したいとねがう、その願いはけっこうだけれど、どうじに女のそれも描かれなくては、「新生」はみごとな客観小説にはなりえない。

平野謙はこのようにも書く。「『新生』全編を通じて岸本捨吉が自己の言動を男らしく自己の責任において負ひ、解決せんとしたことの一度もなかつた所以のものは、もとそれが藤村の内部に巣喰ふ宿命とのたたかひの現実への投影にすぎなかつたことに基づく」と。自己凝視する藤村の態度は認められても、女の人格軽視が問題だ。見て見られる、という民主的なヨコの関係は生まれていない。「新生」にあるのは、依然、男が優位のタテの関係でしかないのだ。

「新生」論にはさらに注意したいことがある。作家の広津和郎が「梅雨近き頃」のなかにこんなことを書いているという。発狂した作家の宇野浩二のことを、吉原見物のさい、広津は芥川龍之介とうわさした。もし宇野があのままになったら、それこそ芸術家の本懐というべきだと芥川が語ったのにたいして、広津はおどろいた。それについて平野謙は批評する。「広津和郎の驚きのなかには、三十代もなかばを越え、一家眷属を引き具して生き凌いでゆかねばならぬ世の常の大人の持つ、ある健全な正しさが含まれてゐる。これを単に純粋な芸術家気質に対立する俗人根性と片づけるわけにはいかぬ。広津のこの驚きをもし俗念とすれば、芸術家気質とはかかる俗念に裏打ちされ、それを包摂した上に打ち樹てられたものでなければなるまい」とも。まず平野謙は、芥川の芸術至上主義を非難する。そして広津の「健全な正しさ」を肯定する。平野謙の、戦後の文学のありかたへの一つの問題提起にほかならない。戦後文学はどこから出発すべきか、その表明なのだ。文学のために実生活を犠牲にする。左翼運動のために日常性を軽視する。過去の自然主義文学とマルクス主義文学にたいする検討と批判をもって、平野謙は戦後を出発するのであった。

## 文芸批評の人間性

「敗戦後の日本文学が直面してゐる緊急の課題は、まづ第一に自然主義文学の徹底的な克服とマルクス主義文学の大胆な自己批判とを併せ行ふところに焦点を定めねばならぬ。それなくして戦争責任の追求なぞ一片の寝ごとにひとしい」（「女房的文學論」）。平野謙は戦争協力とはいっさい書かない。文学者の「戦争責任」というテーマを、自然主義文学とマルクス主義文学のプラスマイナスを反省し検討するそのプロセスをとおして追求していこうというのだ。昭和二十年代後半に平野謙は、みずからの情報局勤務について二点の文章を発表した。しかし、肝心な行為はさきに書いたとおり隠蔽している。自分の「戦争責任」は、「人間にかかわる精神の運動」としての「文学」、つまり、書くという営為のなかで償っていこうというのだ。ともかく、戦後の批評第一弾「新生」論をとおして、平野謙の、女のとりあつかいなり、批評スタンスなりは、明確になっている。一九四六（昭和21）年三月に発表された「文藝時評――一つの反措定」（1946・4、5合併「新生活」）でも、「政治と文學（二）」（1946・10「新潮」）においても、平野謙の文芸批評のありようは共通している。ここに平野謙の戦後の文学批評の核心が提起された。人間性と日常性の大切さを主張する。これが戦後の、平野謙個人の態度決定にほかならない。

## 岡田嘉子の執念――「ひとつの反措定」の矛盾

女優の岡田嘉子が演出家の杉本良吉とともに、樺太から旧ソ連に越境したのは、一九三八（昭和13）年一月三日のこと。それを報じた新聞記事を読んで、平野謙はビックリ仰天したという。あんな小柄な女優がソビエト領まで突っ走らなければならなかった大胆不敵が腑におちなかった、とも。二人はサハリン南部の雪ぶかい国境を越えた。岡田はのちに、胸まで雪に埋まり、ただもう、必死で泳いで行ったようなもの、と回想している。国境を越えたところを警備隊に逮捕され、別れ別れになる。杉本は「国家反逆罪遂行」という罪で、ソ連最高裁軍事法廷から最高刑である「銃殺刑」の判決をうける。一九三九（昭和14）年十月、亡命後一年と十か月、モスクワで処刑された。その直前、岡田は当局から、杉本と面会するよういわれるが、杉本を裏切りすでに会わせる顔がなかった。岡田は「不法入国罪とスパイ罪」で禁固十年の刑がきまる。

モスクワから八百キロ離れたラーゲリで二年をすごし釈放される。その後の十年をどうしたか。岡田は、モスクワでの特殊任務についてはついに語っていない。なお、岡田は亡命二年後、杉本は獄中で肺炎により死亡したと知らされた。杉本のスパイ容疑による銃殺刑を知るのは、一九九〇（平成２）年のこと。

この事件について戦後、平野謙は「ひとつの反措定」のなかで、このように述べる。「どんなセリフで杉本が岡田をくどきおとしたかに思ひいたれば、おそらく男性的駆けひきと左翼的言辞のあざなはれたその口説の中味が、いかに健全な人性を無視した奇怪至極のものだつたかは想像にかたくない」「私は杉本良吉がどのやうな理想に憑かれ、あるひはゆきづまりに直面して、ソヴェート潜入を決意するにいたつたかは知らない」「ただ私にハッキリしてゐることは、杉本がその目的達成のためにひとりの小柄な可愛げな年増女優を利用したといふ一事実にすぎぬ」と。平野謙は、二人の越境を「思想的行動」とみた。当時、世間の人はおおかた恋愛沙汰とみたようだ。第三者には想像するしかないことだが、平野謙は、「健全な人性」をもって、左翼の男杉本が女の岡田を利用して目的を達成したことを、批判したかった。戦後まもないころの平野謙の文章はかなり激越で上滑りのように、わたしには思える。修飾語を多用することで、文章は柔軟さを欠く。ともかく、相手陣営をやっつけたいという姿勢がみえみえなのだ。平野謙より三十五歳年少で文芸評論家の宮内豊は、「女の方が被害者にきまっていると信じこんで疑わない平野謙の口ぶりに、私はかえって甘っちょろい観念性を感じてしまう」（「芸術と実生活―平野謙をめぐって」１９７５・12「三田文學」）と反論する。さらに平野謙は、左翼陣営の杉本の側にポイントをおくため、岡田の心理のうごきや動機やどんな人物かなど見えていない。そもそも、岡田をおんな活動家たちとおなじサークルでとらえたのが、平野謙の誤認のもとではなかったか。小畑をスパイときめた平野謙の、その説につぐ二つ目のミステークだ。しかしこの越境事件にあらわれた左翼運動の偏向と誤びゅうを指摘しつつ、平野謙は、問題の所在は明らかにしたのである。

岡田は、ソ連から三十四年ぶりに来日している。一九七二（昭和47）年のこと。テレビのワイドショーに出演し、あの越境は自分のほうから杉本を誘ったのだ、と明言した。一九九一（平成3）年四月の来日のさいには、十九日のＴＢＳテレビ「モーニングアイ」のなかで、ソビエトに渡って演劇の勉強がしたかったその一念で越境した、と話している。画面の岡田は、おしゃれで美しい人であった。「自分はリアリティーのない女で、冷静に考えなかった。越境は尋常でない手段、目的のためには。けっして理性的でない、情熱的だった。私はちょっとぬけてて失敗をまだ後悔していない。ロシアと日本が仲よくなってうれしい」とも話したのを、わたしは覚えている。この翌年（平成4）二月、岡田は八十九歳で他界する。このテレビ発言が岡田の最後のものとなった。ここに、平野謙の説は完全にくずれたのである。岡田は、男の言いなりになるような女ではない。強烈な自我の持ち主で、ロマンチスト。おんな活動家とは異なる。杉本のほうが彼女に引きずられたのだ。内縁の妻、杉山智恵子に残した「わがままだけれど帰るまで待つてゐて」（「杉本良吉と私」１９３８・３「婦人公論」）という意志薄弱なせりふからもわかる。肺を病んでいた杉山は、一九三八（昭和13）年十一月、死んだ。

平野謙は授業中に〈中野重治はイシアタマだ〉といまいましそうに語ったことがある。当時、「なかの・しげはる」は「批評の人間性—平野謙・荒正人について」（１９４６・７「新日本文學」）のなかで、平野謙のさきの文章について下司のかんぐり、反革命の文学勢力と批判した。「彼らが憶測を基礎にして結論を出してゐることにあらはれてゐる。批評家は憶測をたくましうしていいし、空想をひろげていい。しかし何を憶測するのか。どんなつばさをひろげるのか」が大切だ。中野のいうとおりだと思う。岡田の自主性を軽視した平野謙のほうにこそ女性蔑視があった。いや、女にだって自我の主張のあることは、田鶴子夫人から充分に学習しているはずだ。岡田が男の言いなりになる女でないことぐらいわかっていたであろう。左翼運動において男が女を道具化した、そのことへの批判つまり建て前を優先したいがために、平野謙は目がフシアナになっている。「目的のためには手段をえらばぬといふ点」。これを左翼運動の政治的特徴として、平野謙は指摘する。「こと文学・芸術に関しては、目的にむかつて歩一歩とにじり寄る過程そのものが、いはば目的自体なのだ」。この主張については卓見で、納得できる。

## 岡田嘉子の嘆願書

平野謙は、名越健郎の『クレムリン秘密文書は語る』（1994・10　中公新書）を読んで、どんな感想をいだくだろう。時事通信社のモスクワ特派員だった名越は、ソ連解体後、新生ロシア指導部が公開した秘密文書から「岡田嘉子のファイル」を入手した。軍検察局が一九五九（昭和34）年に岡田と杉本の名誉を回復したさい、関係機関からとりよせたもので、名越はこれをもとにして「恋の逃避行」の真相をたんねんに再構成する。読めば、岡田が全身でなめた苦労は半端ではない。女の側にかりに自主性がないとしても、孤立無援のなか、苦労は外側から襲いかかり、彼女をとことん痛めつけた。岡田はそれを全身で払いのけた。その強じんなバネはすごい。プライドの高い岡田は自叙伝のなかで、苦労を楽観的に書いている。名越の追跡した文章はそれをくつがえすものだ。名越は生前の岡田と接触している。岡田の外出前の入念な化粧のため長時間待たされたというエピソードがおもしろい。二人はこれから劇場にチェーホフの「桜の園」を観にいこうというのだ。

岡田と杉本は、軍国主義の日本を脱出して共産主義のソ連に亡命したものの、そこはスターリンの大粛清の真っ只中であった。松竹の女優と左翼の演出家は、「彦六大いに笑ふ」の上演をとおして出会った。日本にいればいずれ軍国主義のお先棒をかつがされる芝居に出なければならなくなる。先をみこした岡田は、モスクワへ行き演劇の勉強をしようと考えた。「ねえ、いっそソビエトへ逃げちゃいましょうか」と、杉本をさそう。ソ連には世界随一の演劇がある。岡田は夫と不仲で別居していた。杉本は治安維持法違反で捕まり、そのときは執行猶予の身で、今後の検挙、召集令状におびえていた。オストロフスキーの小説「鋼鉄はいかに鍛えられたか」などの翻訳を手がける杉本は、ロシア語ができた。

岡田の死後、時事通信社は、ロシアの国家保安委員会に保管されていた、岡田の嘆願書を入手したという。岡田は、禁固刑をうけた翌年初め、ソ連検察局と内務人民委員部あてに嘆願書を書いている。それに手紙。三通は日本語で、一通は代筆のロシア語で。岡田は、ソ連に亡命する動機とそれまでの経緯をせつせつと訴える。幼少時から文学を愛し読んできた。ロシア文学が好きで「大きなソヴェートの芸術を親しく勉強したい」「ソヴェートの人間として自由なデモクラシーの生活をしたい」と。そして、岡田がどうしても言いたかったのは、虚偽の申し立てをした罪をわび、「スパイの汚名は死ぬほどつらい」ので、そのスパイの仮面をぬがしてくれ、もういちど取り調べてくれ、とつよく訴えることであった。岡田は一年半の取り調べを通じ、「スパイ目的のため越境した」という、サハリンでの「強制自白」の線にそって供述してきたようだ。これはＮＫＶＤ（内務人民委員部）が「仕掛けた罠だ」が、この岡田証言が二人を有罪とする決定的な証拠になったという。岡田の供述はずっと、ショックによる放心状態のなかでつづいた。

四通のなかでも、とくに感銘ふかいのは、取り調べが終了してから、岡田が取調官に書いた直筆の手紙だ。一九三九（昭和14）年六月に書いたもので、わたしは、この依頼の文章のなかに岡田のほんとうの姿をみる思いがして、つよく胸を打たれた。ラーゲリは遠くて寒いところにやらないでくれ、と岡田は書く。極寒の強制収容所は零下三十度以下だという。「寒サガ一番恐ロシイノデス。」「（コノ国ノ為ニ何カ働クマデ私ハ死ニタクアリマセン。）」「ドウゾ、オ金ヲ与ヘテ下サイ。前ニ頂イタノハモウアリマセン。」それから靴下とスカートをくれというのだ。この手紙はノートの切れ端に走り書きされていた。平野謙に読んでほしいくだりである。名越は、岡田が当局に懇願するその「さまは日本の大女優の姿とは思えない」と書いている。しかしそれは、はなやかな女優の岡田をスクリーンから見たにすぎない。女優は職業人なのだ。三十五歳の「年増女優」には、仕事上のたしかなキャリアがある。岡田は職業をとおして経済力をもち職場のなかで自身を鍛錬してきた。そうした過去の実績の強みがあってこそできた、うその自白の撤回と個人の生存のための要求ではなかったか。名越の著書を読みながら、わたしはそんなことに気づいたのである。

作家の平林たい子は、十代の放浪中のこと、満州の施療室で出産した女児のために牛乳一本を病院長に要求できなかった。要求するだけの筋力がまだ鍛えられていなかったのだと思う。また、本稿の後半に登場する、おんな活動家の一人で二十代の熊沢光子は、同棲していた男がスパイだとわかり絶望のあまり獄中で自死する。もし光子に職業があり、目標があれば、結果はちがってきたであろう。女が重大な危機的局面に立たされたとき、底力になるのは職業体験、それに将来への具体的な目標であるかもしれない。岡田のキャリアと目標とは、軽視できない。岡田は五十三歳で国立の演劇大学演出科に入り念願の演劇を専攻して、初志を貫いている。

## 人間蔑視を告発――「政治と文学」の検証

医学博士、安田徳太郎が、多喜二の遺体のズボン下を切り裂くと、「大腿部は赤紫の色になり、倍ぐらいの太さにむくれあがり、肉が切れて血管が青黒く浮いている」。『私の歩いた道―女優藤川夏子自伝』（２００３・１　劇団はぐるま座）のなかに出てくる証言だ。著者の藤川は当時、左翼劇場に入団していた。一九三三（昭和８）年二月二十日正午すぎ、多喜二は治安維持法違反で築地署に逮捕される。拷問のすえ午後七時すぎ殺された。その翌日夜、遺体が馬橋の自宅にひきとられ、同志と親族がその周りを囲んでいる。藤川は、その日の夕刊の訃報を目にし、伊藤ふじ子とタクシーに乗りこみ、警察の車を追跡しながらやってきた。「これが致命傷だ」。博士が、まだほてっている遺体の傷に触っておくよう列席者に言う。多喜二の急死から一昼夜がすぎていた。藤川は、傷のなまあたたかい感覚がまだ自分の手に感じられる、とも追想する。多喜二のペンをもつ指は完全に折られ、皮だけでぶらさがった状態であった。作家、国木田独歩の二男の佐田哲二が、多喜二のデスマスクをとった。「皆さんの前でもう一度立たねぇか」。多喜二の母が息子に語りかけたそのひとことをけっして忘れまい、とも、藤川は書く。

数年前、多喜二の労働形態を描く「蟹工船」が多くの人に読まれた。彼、彼女たちは、おなじ作者の中編小説「党生活者」（原題「転換時代」1933・4、5合併「中央公論」）を読んでどんな感想をいだくだろうか。平野謙は、「いのちを的にたたかってきた」はずの左翼運動のなかに「人間蔑視」がみられる、と指摘する。「疑ふものは小林多喜二の遺作『党生活者』に描かれた『笠原』といふ女性の取扱ひかたをみよ。目的のために手段をえらばぬ人間蔑視が『伊藤』といふ女性とのみよがしな対比のもとに、運動の名において平然と肯定されてゐる。そこには作者のひとかけらの苦悶さへ泛んでいない」と。

主人公の「佐々木」は、軍需工場「倉田工業」に潜入した、非合法共産党のオルグだ。オルグとはオルガナイザーの略で、組織をつくったり拡大したりするための勧誘行為をする人のことをいう。彼は警察の目をくらますため、「笠原」というタイピストと同棲している。彼女は、左翼運動を積極的にやっているわけではなく、シンパ（支持者、賛同者）だ。いっぽうの「伊藤」は工場生活をくりかえし、警察に何回も捕まっている。からだには拷問の傷あとがある。経験をとおして獲得した方法にたいして頑固なほどだ。「佐々木」は「伊藤」のような女の同志が必要だと考える。「倉田工業」の七十パーセントは女工なのだから。彼は外部からすべて遮断され、友人とも没交渉だ。自分の日々の生活に、散歩というものがまったくないことに気づく。「笠原」とのすれちがいの生活に、彼女が不機嫌になっている。彼にあたってきた。個人生活のできない人間と、大部分の個人生活を背後にもつ人間がいっしょにいる。そのギャップを埋めようと、彼は彼女を運動に誘いこもうと試みたけれど、感情が浅くて粘りのない彼女には「我々の仕事」は適さない。そこで、カフェの女給になることを話す。「仕事のためだつて云ふんでせう―？」「女郎にでもなります！」。彼女は叫ぶように応えるのだった。女郎とは「売春婦の古称の一つ」だ。ここまでプロットを追えば、「佐々木」の中身は明らかだろう。彼は、女の価値基準を「我々の仕事」に役立つか、否かできめる。組織が優先され、人間の個性やいのちをないがしろにする。平野謙は左翼運動における「人間蔑視」だと指摘するが、現代の資本主義の市場原理のもとでも、彼のモノサシは通用していないか。人間が有用なものと無用なものとに分別され、後者は排除されていく、この生きがたい社会に共通する価値基準である。

「笠原」の絶望的な叫びにたいして彼は心を動かしていない。それとて自分は何をしても許されるという「自己絶対化」のゆえではないか、とも、平野謙は批判する。彼は幾百万の人民のために命を賭けて闘っているのだと、自分を絶対化する。「笠原」は、なすことのすべてが犠牲というふうにしか思えない。彼は、ほとんど全部の生涯を犠牲にしているが、幾百万の労働者や貧農民の日々の生活における犠牲にくらべたら、それはもののかずではない。百万という多大な犠牲を解放するためには不可欠な犠牲なのだと、考える。

彼の大義名分は、まさしく組織のためのものであろう。彼は自分を絶対化して、組織のことばで「笠原」個人の不満や言い分を抑えこもうとした。だから、彼女は彼のことばに反論できない。いや、作者が会話を発展させないのだ。彼女のそれを封じこめてしまう。彼女には、反論すべき生活感情が身内にたぎっているはずなのに。彼女はことばを奪われ沈黙させられる。不満はますますつのってくる。ただ、彼に利用されるばかりだ。男のほうに女への愛情など感じられない。このような作中の書き方を、平野謙は容認できなかったのだと、文芸評論家の亀井秀雄が「解題」（『島崎藤村　戦後文芸評論』1979・10　冨山房百科文庫）のなかで注視している。すぐれた指摘だ。ところで多喜二はこのような書き方をして、心中おだやかであったのだろうか。「党生活者」は、死の前年の一九三二（昭和7）年八月に脱稿されている。このころ多喜二は、元婚約者だった田口タキとデートしている。田口は貧しい家に生まれ、家族のために銘酒屋に身売りされた。小樽の銘酒屋に住みかえていたところを多喜二に救いだされるのだった。一九二五（大正14）年のことだ。そのような彼女と会うことで、作家として初心に帰りたかったのかもしれない。多喜二は初期の作品で、酌婦など底辺の女たちについて描き、また彼女たちにふかい共感をよせていた。「女郎にでもなります！」などと「笠原」にいわせては、多喜二の負けではないか。いや、そう書かざるをえなかった「党生活者」の作者には、作家として内心じくじたる思いがあっただろうとも、わたしは想像している。ちなみに、同年八月二十日、多喜二は弟の小林三吾へあてて、こんな手紙を書いている。「僕は最近タキちゃんと会えば、なんだか話が出来ないのだ。色々な事を沢山話そうと出掛けて行っても。―然しやっぱり会いたい」（『定本小林多喜二全集』第14巻　1969・10　新日本出版社）と。

平野謙はいう。「『政治と文学』の問題をいまこそ『文学的』な立場から眺めなおしたい。『文学的』に眺めることが『人間的』な立場につらなる唯一の通路である」と。この見解も、現代に通じるものだ。だれのための政治なのか、と問いたくなるような、人間存在を無視し、人間的な視点を失っている現在の政治状況にあてはまる。まさに普遍的な課題にほかならない。文学は組織のためのものであってはならない。「人間の尊厳と個人の権威とを瞭然と打ちだすためには、いまこそ『個人主義文学』の確立が必要だ」とも、平野謙はつづける。

## 中途半端性に居直る

現在は影書房の社長、松本昌次は、二十代のころ、定時制高校の教師をやめて未來社の編集者になった。入社三か月で平野謙の評論集刊行を企画したという。平野謙の「新生」論、『島崎藤村』を読んで、強いショックをうけていた。『戦後文藝評論』（１９４８・７　真善美社）、『現代日本文學入門』（１９５３・７　要書房）にも惹かれて、どうしても平野謙の評論集を刊行したいとねがう。念願かなって平野謙の対談集もふくめて五冊の著書を刊行するが、一冊目の『政治と文學の間』の表題を、平野謙がとても気に入ったそうだ。「このわかったようでわからない標題こそ、わたしの批評的発想を簡潔に言い当てている、つまり二つの対立概念を設定して、その中間に身を横たえ、あるときはこっちからあっち、またあるときはあっちからこっちを撃つのが好きなんだ」（『わたしの戦後出版史』２００８・８　トランスビュー）と。この単行本の刊行は平野謙のつごうでかなり遅れたが、この表題のことばを松本に語るよりも早く、平野謙は「私は中途半端がすきだ」（1946・9「文學時標」）という文章のなかに書いている。中途半端なスタンス、これが平野謙の批評方法の原理にほかならない。政治と文学。芸術と実生活。どちらかに割り切るのは無理で、二つのものの間という考え方をうちだした。いっぽうに傾くことの危険を説いた。さらに、自分の「閲歴がおのずから語る二重性、中途半端性をいくたびか自省した」ともいうのである。

この批評原理をもって、平野謙はまず、小田切秀雄と対決した。「今日、小田切秀雄の批評的立場はひとむかし前の両翼に対する闘争と一見通ずるところがある。実はそこに小田切秀雄の直面するほんたうの危険がある」「中途半端性をむやみにおそれたり毛嫌ひすることからはなにごとも産まれない。中途半端性をすぐ一方的に『清算』したり『克服』したりせず、その中途半端性のオリジナリティをただひたすらに育てはぐくめ！　ある場合、一方的な徹底は停滞にほかならぬのだ」と。中野重治にたいしても。「ほかならぬこの二重性、中途半端性の裡にこそ、もしあれば私自身の文学的宿命の存することを。私は自己の中途半端性を中途半端性として、いはば宿命的にふかめるしかないといふ覚悟をあらたにするのである」と。さらに、宮本顕治につぎのように書かれて、衝撃にうちのめされた平野謙は、みずからの批評原理をしかと引きうけざるをえなくなるのだった。「平野謙といふのは、戦時中情報局の役人とか嘱託とかをやつてゐた人物ださうであるが、プロレタリア文学運動や小林多喜二や、彼の考える日本共産党なるものについて、熱心な否定的批評をこころみてゐる。私は以前から日本共産党の列伍にあり、文芸政策にも関与してゐたものとして、これを反批判する義務を感じる」（『人民の文學』１９４７・５　岩﨑書店）と。これを機に平野謙の、宮本と共産党への対決は、終生つづくことになる。

## 合理的な宣言

平野謙の住まいは、小田急線柿生駅からこだかい丘をのぼったところにあった。編集者の松本はよくたずねて平野謙と話をした。平野謙は、〈原稿を書くまえに手を洗うような潔癖の人であった〉そうな。田鶴子夫人は〈さらりとした人〉だがズボラで、平野謙がよく〈しょうがないな〉と舌打ちする光景を、松本は目にしている。自社にもどってくると、田鶴子夫人から便箋五枚もの手紙が舞いこんだ。夫婦両方の言いぶんに耳を傾けなくてはならない。いまとちがって、編集者と書き手とが濃密なコミュニケーションのとれたよき時代であった。平野謙は松本に、自分の失恋の話もしているみたいだ。松本とは武蔵野市民学校が主催する映画上映会でぐうぜん出会い、わたしは思い出話をきいている。さらに松本は、平野謙の家の新築にもかかわっている。水の出がわるい。家中がほこりっぽい。それをいやがる平野謙に松本は、元おしえごの大工を紹介する。平野謙は編集者とはこんなにも親密であったのか。わたしたち大学院生には、そっけない教授であったのに。松本はまず土地をさがす。平野謙には土地を購入するお金はあったようだという。建築費はその土地を抵当にして銀行から借りたり、大工にはローンで払ったりした。平野謙が神奈川県から東京都世田谷区に転居したのは、一九五六（昭和31）年五月のこと。昭和二十年代から三十年代へ移行するとき、平野謙は、注目すべき、したたかな宣言を松本のまえでしている。「はじめは、プリンシプルのある小さな出版社から本を出すのがいい。なぜなら、主張がはっきりするから。しかしあとは大出版社がいい。経済的に安定するから」と。この宣言どおり、昭和三十年代にはいり、平野謙のジャーナリズムでの活躍が目立つようになる。一九五八（昭和33）年一月には、『藝術と實生活』を大手出版社の講談社から刊行した。そして、旧文部省の第九回・芸術選奨という褒美を獲得している。

# 第三章　家庭と文学の間

## 文士の妻女たち

〈私の犠牲のうえに、伊藤の文学は成り立っていたんですよ〉。伊藤整の妻から田鶴子夫人に電話がかかったという。伊藤は評論家、小説家、翻訳家であった。その死後数年がたち、いまごろになって愛人たちが自分の権利を主張してきた。一人、二人、三人。これで落着かと思っていたら四人目が。妻はくやしさを綿々と語って三時間、田鶴子夫人は電話のまえにクギづけにされた。同業者の妻だから話せることだ。その余波なのか、田鶴子夫人がとつぜん、平野謙の愛人について訊いてきた。わたしは、思いがけない質問事項に戸惑ったのを覚えている。伊藤は、D・H・ロレンスの『チャタレイ夫人の恋人』の翻訳書上・下巻（1950・4、5　小山書店）がわいせつ罪にあたるとされた「チャタレイ裁判」でも有名である。六十四歳で他界するが、六十に手のとどく男が、さらに年上の女たちと性的関係を結ぶという話を『變容』（1968・10　岩波書店）に描いている。その著書のなかに伊藤が「お茶の間のモラル」に一石を投じようとする意図を認めるのは、『「秘めごと」礼賛』（2006・1　文春新書）の坂崎重盛である。若いときから拘束されてきた道徳に、老いが復讐の念をもやす、その生と性のかたちを描く。夫のこの小説を妻は読んでいないのであろう。

年上の女との性愛には体験も含まれているようだ。その一人は〈新宿のゴールデン街でバーを営むタフな女〉である。この女に夫をさんざんもてあそばれ、血を吐くほど苦しんだ妻の女性作家をわたしは知っている。〈夫は左翼運動しているときは自制していたのに。その反動のように彼女とよくなった〉という。バーのその女将は、芸者をしているとき作家、美川きよの夫と恋に落ち結婚していた。妻は女将の家にのりこむ。画家だという女将の夫が、七輪をうちわであおぎながらサンマを焼いていた。風采のあがらぬ男に見えた。美川との間にできた息子夫婦と同居していた。妻の文学仲間も心配して女将と対決すれば、〈惚れてますから別れません〉と逆襲された。女将は文学好きの人であったが、男たちとはセックスが目的であった。生家は芸者置屋で、幼少時から男性に囲まれていた。妻は苦しみぬくが、夫が前立腺を冒されて膀胱がんを患うと、ようやく女将が解放した、と話した。

　伊藤については平野謙の死後にきいた挿話であるが、もうひとつ、田鶴子夫人は文士の妻の話を明かした。〈あれだけの人をなくしたのだから、あんたも大変でしょ〉。作家の高見順の妻、秋子からケンカごしに返されて、田鶴子夫人は衝撃をうけたという。平野謙の墓を鎌倉の寺に建立したいので紹介してくれと、相談の電話をかけた。高見家は北鎌倉の東慶寺の近くにあった。いまにも死にそうな夫を看病してきたその苦労も知らず悪妻呼ばわりするなんて、秋子は平野謙のしのぶ会にも出席してくれたのに、ひどいごあいさつじゃないか。じつはこのとき秋子は、高見の十九歳になる隠し子の芸能界デビューを週刊誌がスクープし、そのことで心中穏やかでなかったようだ。秋子は若いころから奔放な人であった。高見不在の退屈しのぎに、平野謙を田鶴子夫人からよこどりして家に連れて行った。高見は中間小説を書いて経済的に豊かであった。〈平野も潤してもらってたんでしょ〉。そのときの屈辱がまだ消えやらぬというように、田鶴子夫人の顔の表情がこわばる。秋子は若い男性を連れこんでいたともいう。田鶴子夫人が訪ねると、作家の井上立士がいた。いい関係ではなかったかと、田鶴子夫人は推察した。井上は早世している。

## 日常性喪失のジレンマ

田鶴子夫人の対応について、わたしは、元編集者から気になる挿話をきいた。ある女性編集者は、主人の仕事のことなのに協力的でなかった、と。ものすごい形相でにらまれた、と語った編集者もいる。田鶴子夫人はもともと物言いがぶっきらぼうな人だと思うが、編集者たちへは特別でなかったか。というのも、自分たち親子の日常生活の幸福をうばうのはこの編集者たちなのだという屈折した思いが、田鶴子夫人にはあった。彼らは、夫を執筆に駆りたてて家庭を顧みない人にしているその強敵なのだ。平野謙を日常性にひきもどしたい田鶴子夫人の切望をうばう。日ごろのいらだちが積もり積もって無愛想な態度にでた。外から見れば〈あれだけの人〉も、内からはこれだけの人として不満を募らせていたのではなかったか。伊藤や高見の妻たちからもうかがえるように、文士の妻は、家庭に居つかぬ多忙な夫にたいし憤まんをかかえていたのだ。日本の小説家は「家庭破壊という衝動を隠し持っているもの」（「文士の細君」1965・2「季刊明治」）と、平野謙は書く。それは自分にもあてはまるものだと、思っていたにちがいない。戦後の出発とどうじに日常性の大切さを主張する平野謙には、だから、ジレンマがあったはずだ。

平野謙に「わが文學生活」（1951・8「近代文學」）というエッセイがある。家庭の光景が描かれたもので、わたしは感動した。読者も、平野謙を家庭サービスがよくて子ぼんのうな人と思ったにちがいない。だが、その感動から冷めて考えてみた。毎日このように妻子に気をつかっていれば、ものは書けなくなるのではないか。大学院でのあの不機嫌で鬱屈した表情にして文章は書けるのだ。平野謙は作品のなかで、とっておきの家庭サービスを見せたにすぎない。現実には、夫を日常性にとりもどすべく田鶴子夫人の突きあげがあった。平野謙の死後ほどなく、田鶴子夫人は〈平野をもっと自由にしてやれば、仕事が存分にできただろうに〉と、しんみり語った。平野謙は生前、自分の文学的主張と妻のブレーキとのはざまで頭を悩ませていたのだと想う。しかし自分の文学的営為をおしきっていた。子どもが病気になっても妻任せ。妻にはサルマタを洗わせるだけ。家にはときおりしか帰らない。帰っても家庭の平和に飽きてくるのか、また外泊がつづく。妻子には自分の行動について知らせない。妻は疑心暗鬼におちいる。一九五四（昭和29）年七月から、平野謙は執筆のため明大近くの昇龍館別館を利用していた。二食つき千円の安宿だ。「とにかく缶詰は一応家庭の絆から解放される状態になる」（「罐詰の話」1975・3「ちくま」）というが、日常性の大切さの主張を裏切るような日々。そこに、離婚騒動がもちあがったのかもしれない。平野謙は離婚の危機について書いていない。友人の埴谷雄高も知っていたはずだが書かない。しかし、平野謙はこうは書いている。

## 「田宮虎彦」論の背景

平野謙はけがをして病院に入院した。ベッドの上にクギづけされてつらつら考える。二十年以上におよぶ自分の家庭生活が「一体どこでこんなにひんまがってしまったのか」と。こんな一文を平野謙は「田宮虎彦」のなかに書いているのだ。広津和郎から開高健、大江健三郎にいたる二十三人の作家が登場する『作家論』（1970・7　未來社）に収録された一編である。ハンセン病にかかり二十四歳で他界する「いのちの初夜」の作者、北条民雄にかんする論が、とりわけ感銘ふかい。が、なんといっても「田宮虎彦」がおもしろい。それもそのはず、執筆の背景には平野謙自身の離婚騒動があって、論文は書かれたものだからだ。そのときの心境がくっきり影を落としているせいか、論文はいきいきしている。

田宮の生活記録『愛のかたみ』（1957・4　光文社）が版を重ねていた。平野謙は、「特殊な、不自然な、変態的な書物が、なにか普遍的な、正常な、純愛ふうの美談として、世に受け入れられているらしい事実に、黙っていられぬ気がしてきた」。この著書の後半に田宮夫妻の往復書簡集があり、彼らは「デブの虎彦様」「大好きな千代ちゃん」と呼びあっている。平野謙は、田宮が妻の死にさいして追悼文を書きちらすことは認めるけれど、「それが妻からの解放の第一歩だとは毫も意識してないらしいところに、作家田宮虎彦の問題があり、彼らの結婚生活の問題があるのだ」「その第一歩を踏みだすことによって、やがて人間田宮虎彦も確実に自然にかえることができるだろう」とつづける。さらに「それはまた作家としての田宮の発展を画する第一歩でもある」と。家庭の平安のかげにひそむ偽善性を突かずにいられない。馴れ合いの夫婦関係を批判したうえに、ここまで過剰反応すると、なにやら平野謙のお節介を感じないでもない。しかしそこに、平野謙の内にかかえる事情があった。自分が家庭から、いや頭のあがらぬ妻から解放されたいその願望が、こういうかたちで外に現れたのではないか。『愛のかたみ』の刊行時に、田宮はべつの女性と結婚していたという。そうしていながら、亡妻との永遠の愛を誓うような甘いことばに飾られた往復書簡集を出版するなどという神経は、まったく文士の風上にもおけぬことと、平野謙の眼には映った。しかし「これは平野謙の思いこみによる錯誤」（『追悼私記』１９９３·３　ＪＩＣＣ（ジック）出版局）で、世の中のありふれたことと、吉本隆明が指摘するとおりかもしれない。

それにしても、平野謙は、いやに田宮家の事情にくわしくないか。猪野謙二が先述の『僕にとっての同時代文学』のなかで明かす。田宮は吉祥寺に住んでいた。近所の時計屋の主人とときおり将棋をさしていた。その主人と将棋仲間の建築家との個人的トラブルに田宮が巻きこまれた。

田宮をうらんだ建築家が平野謙のところへ行き、田宮を中傷したという。平野謙が知りすぎているわけだ。

## マス・コミ・ジャーナリズムへの警告

さらに、猪野の著書には注目すべき点がある。『愛のかたみ』の出版はひとつの時代的転換を示すもので、平野謙の論文「田宮虎彦」を読みかえしてみると、そこにはもっと広い意味で考えさせられるところがある、と。『愛のかたみ』は何十万部ものベストセラーになった。五〇年代後半から六〇年代にかけての、いわゆる神武景気といわれた一時期のこと。旧い文壇ジャーナリズムの時代から新しいマス・コミ時代への最初の転換期での、出版ジャーナリズムというものの恐ろしさを、猪野は指摘する。田宮にこの著書の出版のしかたをすすめた、出版社と編集者への信頼が、猪野のなかで大きく揺らいだという。猪野は文学史的な視点で、冷静に分析している。田宮の『愛のかたみ』はマス・コミ・ジャーナリズムの繁栄のはしりみたいなもので、これ以降、大衆うけする読み物が幅をきかせ出版は大量化していく。

『作家論』に収められた「石原慎太郎」（1956・10「別冊知性」）のなかで平野謙はいう。「石原青年のチャッカリ性は、そのマスコミの怪力をも逆用したつもりで、価値紊乱者から価値創造者へなどと、黄色い声をあげるにいたったのである。どうしてあなたのような好青年が価値紊乱者などという大それたものであり得ようか。価値紊乱者などとオダをあげているかぎり、あなたもマスコミという筋斗雲にのせられた一匹の小猿にすぎない。私は究極のところ、あなたの幸運を信ずるものだ」と。筋斗雲とは架空の乗り物のこと。この平野謙の執筆から歳月がたち、政治家に転身している石原のその後は読者の目に明らかだ。平野謙の先見の明を認めたい。また、マス・コミの魔術への警告にも注目してほしい。

さらに平野謙は、石原の小説「完全な遊戯」（1957・10「新潮」）について、「マス・コミのセンセーショナリズムに毒された感覚の鈍磨以外のなにものでもない」と、痛烈なことばを、一九五七（昭和32）年九月十八日付毎日新聞の「文芸時評」のなかに投げつけた。しかし、感覚の鈍磨は石原だけの問題ではなく、「今日の作家をとらえつつあるようだ。たとえば瀬戸内晴美の「花芯」（新潮）などもそうである」「この人はその文学的実力において、原田康子や有吉佐和子に劣らぬ、と思っていた。しかし、三十娘の生理を描いた近作には、明らかにマス・コミのセンセーショナリズムにたいする追随が読みとれた。これがこの作家の弱さだ。そのような弱さが「花芯」においても「子宮」という言葉の乱用となってあらわれている。麻薬の毒はすでにこの新人にまわりかけている」とも。

この平野謙の「文芸時評」の「尻馬に乗って書き立てた匿名批評の読み方が、本当にいやらしかった」と、そのときの屈辱を回想するのは当の瀬戸内晴美（寂聴）である（『有縁の人』1979・4　創林社）。「マス・コミのセンセーショナリズムに毒され文壇に媚びた作品、感覚の鈍磨というふうに評された」けれど、「曽野、有吉さんたちに匹敵する才能だと思って期待していたのにという前書があった」ことで、瀬戸内は打ちのめされた自分を支えたともいう。自分の文壇デビュー作が台無しになり「子宮作家」「エロ作家」とまでレッテルを貼られ、その後五年間、文芸誌から干されてしまった。そのくやしさはよくわかるが、瀬戸内は、平野謙の文章をよみちがえていないか。平野謙は「曽野」ではなくて「原田康子」と書いている。また、マス・コミと文壇とを区別している。文壇の側に立ってマス・コミに追随するなという。文壇をマス・コミが支配していくその転換期での平野謙の新人にたいする警告は、正鵠を射ている。時評後に瀬戸内がたたかれたこと自体、マス・コミ・ジャーナリズムの無知で無節操なありようを象徴しているものではないか。作品の実力よりも、大衆うけするか、売れるか、で作家の評価がきまっていく。現代にもまかりとおるありようへの出発点でのできごとのように思える。この瀬戸内にたいする警告も、石原への皮肉も、さきの田宮への批判も、平野謙の文学的誠実においてはひとつ根っこから生じているはずだ。

## 家庭内別居を選択

平野夫婦の小舟は、小さな波頭にすぐひっくり返りそうな状態にあった。一九五八(昭和33)年ころのこと。「いつになっても、板子一枚下は波の上というのが男女結合の常道だ」と、平野謙は実体験からえた結論をいう。結婚して「二十四年もたてば、たいていの婦人は完全に良人に屈服して独立の人格であることをやめるか、逆に良人を征服してその個性を骨ぬきにするかによって、戦闘妥結せざるを得ないからである」とも。『はじめとおわり』と題するエッセイ集を読めば、平野謙の男女・夫婦観は一目瞭然である。てこずる田鶴子夫人を夫として征服できない。妻は家事がまめでない。夫はもはやあきらめるしかない。平野謙はよごれたワイシャツを自分でクリーニング屋にもっていく。本多秋五が〈そんなこと女房にさせろ〉と忠告したそうな。かくいう本多は〈電球ひとつとりかえられない〉。なんでも妻にさせているからであろう。旅先の宿でも、平野謙は布団の四すみをそろえて器用にたたんで片づけ、本多を感心させている。

平野謙がここで、自分の結婚は失敗だった、と慨嘆したところで、離婚は決断できない。子どもたちは小学生で、育ち盛りだ。文学者として、日常性尊重や人間性のヒューマンを主張しているてまえ、妻子をみすてるなぞ実行できないではないか。しかし、この生活的危機をどうかして突破しなくてはならない。文学と実生活との「二律背反」にいかに耐えるか。このころ発表された「田宮虎彦」のほかに「藉すに歳月をもってせよ」というエッセイを読むと、その間の平野謙の心情が浮上してくる。「はたして『離婚』は問題の本質的な解決であろうか。所詮それは問題の一方的な斬りすてにすぎないのではないか」と、平野謙は書く。すでに述べた平野謙の文学観は、このようなプライベートの場面でも援用されて、結局、離婚は選択されない。夫婦関係はつづいていく。太宰治のように愛人といっしょに玉川上水に身投げして破滅することもできず、坪内逍遥のように筆を折ることもならず、平野謙は文学を続投し、また家庭も維持するのである。

宮本百合子の「伸子」、佐多稲子の「くれなゐ」、平林たい子の「砂漠の花」を、平野謙は例に挙げて、「彼女らが悪戦苦闘のすえ造型した主題は、実際的には『離婚』というかたちでしか解決されないものだった」と書く。三人の作家は、実生活のうえでも離婚を決行している。この危機突破の方策に、平野謙は異を唱えているのだ。彼女たちは、男性とともに成長したいという若々しい願いのもとに結婚した。田鶴子夫人も平野謙とともに向上したいという思いで結婚したはずだが、もはや、むなしい。

平野謙が研究室でこんなことを話したのが思い出される。〈窪川（鶴次郎）さんが元気なうちに稲子さんとのことを訊いておかなくちゃいけない。窪川さんは、稲子さんに女としての魅力を感じなくなったのです〉。窪川夫婦の離婚の原因を平野謙は推測するのだが、この伝からすれば、平野謙も、田鶴子夫人に〈女としての魅力〉を感じなくなったというのか。わたしは平林たい子の伝記的作家論を書くとき、何人かの関係者に取材した。ある女性作家が、〈佐多（稲子）さんは、窪川さんと離婚後まもなく、べつの男性と恋愛している。朝日新聞の佐多さんの「体の中を風が吹く」という連載小説を担当した男性と深い関係にあった〉というのだ。この長編小説は一九五七（昭和32）年四月、講談社から刊行され、また映画化もされている。平野謙のいう〈女としての魅力〉も、べつの角度からは充分に再生、復活するものなのだ。

平野謙は、二者択一はよろしくないと離婚回避の道を選んだ。しかし、平野謙の文学観はそれほど単純明快だろうか。そんなことはなかろう。中途半端性という裏技があるにちがいない。わたしはしばらく考えてみた。平野謙は、ひそかに家庭内離婚というわがままを強行していないか。男女の関係は修復できない。〈お父さん〉と〈お母さん〉の同居になるが、夫婦は自宅の一階と二階に棲みわけるというもの。そのためには、妻を納得させなくてはならない宿題があった。定収入を得ることだ。平野謙はこの道をみつけて、妻のわずらわしい口封じをはかった。妻子に定収入をはこぶ方向へうごき、実践している。平野謙はこれまで、あちこちの大学で講師を兼任していた。文化学院、相模女子大、明大、成城大、早稲田大と。早稲田大の政経学部での講義をエッセイストの中野翠が受講しているという。この講師の地位から昇格する方法はあったろう。平野謙にはそれを可能にするだけの業績はあったのだから。なぜ、そのチャンスをつかまなかったのだろう。平野謙は、それにかんしてどこにも書きつけていない。ものを書く自由を確保したくて、組織に所属して束縛されることを拒んだのだろうか。自ら欲望してその道をおし進めなかったのかもしれない。しかし、目下の課題を解決するには、教授のポストを得ることが定収入への最良かつ最短の方法だと思ったのだろう、一九六二（昭和37）年四月、五十四歳で、明大の教授に就任するのであった。定収入の道を確保したのである。

「鷗外文学のひとつの要約であるレジグナチオーンとは、普通『諦念』と呼ばれているが、むしろ忍耐する男々しさを、耐えぬく勁さをこそ意味しているのではないか」（「森鷗外」1952・

12「近代文學」）と、平野謙は書く。鷗外独特のたたかいぶりから学んだのであろう。この離婚騒動をとおして、平野謙の耐えぬくという、強さと男々しさとを認めなければならない。その根底には、小さいものへの哀憐の情、人間性のもろさへの恐怖感もあった。抗いがたい運命から逃れることはできない、との思いもあったかもしれない。

たとえば高見夫人からは靴やネクタイをもらいなどして、下宿生活の延長をやってきた平野謙がここにきて、はじめて、銀行に口座を設けた（「無邪気な話」1960・6「銀座百点」）という。五十歳をすぎてのことだが、離婚騒動の余波であろうか。明大近くの銀行にお金を預けたとき、べつにしたはずの四つ折りの千円札がまぎれこんだ。窓口の係はそれを見落とす。銀行から勤務先を経由して自宅に電話がかかり、平野謙のヘソクリは田鶴子夫人にばれてしまう。帰宅するや、「二千円もの余分なカネを、ちっとも気がつかないなんて、オーヨーなご身分ですね」「わたしの労働力を搾取しておきながら、こっそりおカネをためるなんて何さ！」。妻の突きあげがすごいぞ。ほんとの話であろう。田鶴子夫人もこんなせりふを夫にぶつけそうだ。この戦慄すべき体験の後日譚が、なお、ふるっている。田鶴子夫人の監視の目はいちだんと厳しくなった。平野謙は応戦して、〈かぎをかけたかばんを風呂場までもちこむようになる〉。かばんのなかに預金通帳や女性からのラブレターが入っていやしないか。田鶴子夫人は、夫のかばんにヘソクリと愛人の影をかぎとろうとした。

## 日常性の意味改変――「静物」の評価

この国は一九六〇年代から核家族、マイホーム志向の社会へむかう。世の中の実情は変わりつつあった。神田文人の『昭和史年表』（１９８６・5　小学館）にはこのように書かれている。一九五八（昭和33）年、映画館入場者数が延べ十一億人を突破。映画のなかで、「いかす」「シビれる」など、石原裕次郎がつかう。その翌年には、皇太子の結婚パレードがある。マイカー時代がはじまる。週刊誌ブームをむかえる。翌々年十二月には、政府が国民所得倍増計画を決定する。高度成長が国の政策として推進される、と。大学のキャンパスには女子学生の姿も目立つようになり、個人が自由を主張するようになっていく。『聖公会へようこそ』（２０１２・12　聖公会出版）の訳者、高橋守によれば、〈このころからキリスト教信者が多くなっていく〉そうだ。日本が一心不乱に前進する時代へむかっていた。平野謙の離婚回避は、そんな社会事情を背景にしたところで選択された。

このとき、平野謙はこのように書いている。「藤村を先頭として、わが現代文学史は芸術の名のもとに家族を犠牲にしてはばからぬ実例に乏しくない。しかし、家庭のために芸術をすてるか、芸術のために家庭を破壊するか、というふうに問題にすることは、必ずしも現代文学史の実情にそぐわない」（「愛とエゴイズム」１９６０・６・17〜19　東京新聞夕刊）と。いかにも道理だ。文学観においても、離婚は実行すべきものではなかった。

一九五二（昭和27）年から六〇（昭和35）年までに発表された、七つの作家論と八つの評論を収録した『藝術と實生活』。平野謙の代表作は？　と問われれば、ためらいなく、わたしはこの著書をあげるだろう。現在も大学の授業のテキストに使われていることを最近、知人からきいた。新潮文庫（1964・4）でも読める。平野謙は文学作品を、その作家の実生活、実人生との相関をとおして読み解いている。平野文学の本領が発揮されていて、充実期の力作集にちがいない。収録作品の一編「私小説の二律背反」（『文学読本・理論篇』1951・10　塙書房）のなかにこうある。「実生活上の危機意識とそれの救抜こそ、秀れた私小説と心境小説とに共通する主題であった」と。

もう一編「日常性の恢復」は画期をなすものだと思う。庄野潤三の小説「静物」論である。平野謙の実人生に離婚の危機があったと知ってから、わたしはくりかえし「静物」論をおさらいしたが、べつの感慨が浮かんでくるのだ。騒動は収拾の方向へむかっていたのであろうが、この「静物」を、平野謙はわがことのように読んだのではないか。「幸福再建の物語」だという。庄野は、ある家庭の日常性に密着しながら、一旦こわれた家庭の幸福を再建するドラマを描出した。平野謙は、自分は日常生活をほとんど衝動と惰性のままに任せている、しかし庄野は、「日常生活をまるでこわれものを扱うように細心に取り扱っている」というのだ。「静物」の作品世界は「一見平々凡々な日常生活のスケッチ」にほかならないが、「日常性の意味改変を企てた」

ものだと、平野謙の評価はすこぶる高い。

主人公夫妻には小学生の、男子と女子がいる。平野謙の家族構成とおなじだ。妻は結婚して三年、睡眠薬自殺をとげようとした。その過去の傷口は、ほぼ完全にふさがっている。が、それは忘却という時間の恩寵によるだけではない。「夫の辛抱づよい贖い(?)のせいでもある」と。平野謙のこの反応に留意してほしい。平野謙は、作品のプロットを丹念にたどりながら、ディテールにこころを柔軟にゆり動かされているのだ。「十五年間、いつもこの女と寝てゐるのだな。同じ寝床で、毎晩」。男の一見平凡な感慨のなかには「やっとここまでたどりつけた、という無量の思いもこめられているはずである」と、さらに反応してみせる。しみじみとした感慨だ。作家だから書ける、評論家だから共鳴できるシーンであろうが、平野謙は身につまされ、このようなディテールを見落とせなかったのだ。日常生活の再建は、惰性ではできない。意志的な努力が必要だ。「静物」論をとおして平野謙はわが身をふりかえり、反省にもおよんだ。その反省のもとに危機突破を確認したのである。とすれば、「静物」は、平野謙の実生活を触発して継続へとみちびいた重要な作品にちがいない。

「『静物』の文学的志向が現代小説の混迷や頽廃を打破するひとつの手がかりになりはすまいか」と、平野謙は文学史的な位置づけにまでおよんでいる。作家の安岡章太郎や遠藤周作や吉行淳之介などは、「不気味な家庭の危機を描いた作品」と受けとった。また伊藤整も、「はたして庄野にどんな次作が期待できるかと思えば『ハダ寒いような不安』を感ずる」と、否定的だ。

背景に自分の課題をかかえるからこそ、平野謙の読解力はふかくて、リアリティーもある。積極的な評価の平野説が妥当だということは、庄野のその後の創作活動が証明していよう。この作品以降も、庄野の日常性のスケッチという手法は変わっていない。たとえば『さくらんぼジャム』（1994・2　文藝春秋）のなかで最もいきいきと活躍しているのは、妻なのだ。その姿を作者はあったかくとらえている。夫は妻を傍観したり軽視したりするのではなく、妻と足なみをそろえている。それが読者にも快くひびいてくるのだ。わたしは、この著書を書評にとりあげた郵送した掲載紙を庄野夫妻はいっしょにのぞきこみ、評言に顔をみあわせては共感を確認したという。その場面があざやかに浮かんでくる文面のハガキが、庄野からわたしにとどいている。一九九六（平成8）年六月二十二日付東京新聞夕刊に、庄野はこう書く。日常性の背後には「自己主張」がある。社会問題にはいっさいふれない。日常生活を一生懸命書けば、そこには山あり谷あり起伏が生まれる、と。「不気味な家庭の危機」も「ハダ寒いような不安」も、庄野はみごとに払拭している。

## 多喜二のこと

多喜二との結婚をことわった田口タキが、横浜の貿易商の男性と結婚するのは戦後のことだ。小規模な貿易商であったが、夫が早くになくなり、そのあとを継いだ養子夫妻を手伝ってタキも働いてきた。孫が二、三人いるという。こんな話を率直にしたのは、多喜二のおいである。わたしは多喜二の弟、小林三吾の家に電話をかけた。〈息子はぼく一人なので、父の介護が大変なんです〉。八十九歳の三吾は、脳こうそくの後遺症で寝たきりであった。五十歳ころまでバイオリン奏者としてオーケストラに所属していた。その後は独立してバイオリンを教授する。オーケストラの補助員奏者として参加もしていた。すずしげな声の主はまたこうも語った。〈タキさんのほうから母に会いたいと言ってきました。表面的なつきあいのようだが、ときおり会っていた。ここ二年くらいは会っていません。少しぼけはじめているようで。結婚は、ごく普通に幸せにやってきたようです〉。多喜二のおいは、さらに伯父のデスマスクについても話した。北海道の小樽市立小樽文学館の人と話しあって当館に寄贈した。〈ちゃんとした所に保存してほしかったのです。そのあと、共産党関係者から抗議の電話がありました〉。ふと、平野謙が生きていたらなんと反応するだろう、と、わたしは思った。多喜二は日本共産党の私物ではない、独立した一個の作家だ、というだろうか。なお、三吾は二〇〇二（平成14）年に、田口は二〇〇九（平成21）年に百一歳でなくなっている。

多喜二は長じて小樽に移住した。その土地の銀行に勤務する二十一歳のとき、十六歳のタキと出会った。タキは銘酒屋で酌婦をする、評判の美人であった。父親の商売の失敗で売られていた。人身売買が行なわれていた時代のこと。客として通いながら多喜二は、タキの境遇に同情する。「瀧ちゃんを一日も早く出してやりたい」「何時かこの愛で完全に瀧ちゃんを救ってみせる」（『定本小林多喜二全集』第14巻）。大金を工面して多喜二は、タキの借金を支払って身請けした。酌婦をやめたタキは、多喜二の家族とともに暮らす。が、「文学に打ち込む多喜二に迷惑をかけたくない」（「墓碑銘」２００９・12・24「週刊新潮」）と、家を出た。多喜二はなぜ、田口と結婚しなかったのだろう。「私は何も持って居りません。それを恥じて、小林との結婚を辞退した人間です」と、田口は晩年に語ったそうだ。ノンフィクション作家、澤地久枝の取材もことわっている（「ラジオ深夜便」２０１３・11・22　ＮＨＫ）。多喜二は「蟹工船」の発表で銀行を解雇されると上京する。一九三〇（昭和５）年のこと。田口もあとを追うように上京。洋髪（パーマネント）の技術を習うためであった。小樽から東京に活躍の舞台を移すと、多喜二の女たちとの交流がひろがる。田口、平賀、若林つや、そして伊藤ふじ子と。多喜二の出世欲も高じていく。二人目の平賀は、平野謙の視野には入っていなかった存在だ。わたしがこの小稿で初めてとりあげる女性である。

## 多喜二・三人の愛人説を発表

平野謙にとって、多喜二はいつも気になる作家であった。十五年おきに書く作家論で点数も多いけれど、自然主義文学の作家論にくらべると全体に精彩を欠いていないか。多喜二が所属する共産党から平野謙自身が自由でなかったからだと思う。筆はのびやかでない。

多喜二に恋人が何人いようが、そこに肉体関係があろうが、かまわないことだ。しかし、平野謙は死ぬまでこだわりつづけた。三人の愛人の一人にされた若林は、〈平野さんが死んでくれてよかったわ〉とまで口外した。直接、平野謙に訂正を伝えればよかったのに。若林は、作家の網野菊と道でばったり出会う。二人はよい友達で、住まいも近かった。〈載ったわね〉〈ええ、まちがって書いてあるのよ〉〈じゃあ、文芸誌に紹介するからお書きなさい〉。若林は、「週刊朝日」掲載の平野謙の文章を読んでいた。しかし書いて反論すれば、かえってあらぬ詮索をされるのがいやで、若林は耐えた。平野謙はじかに若林にたずねれば、愛人ではなかったという答えは簡単にひきだせたのに。当事者に取材をしないで机上で推論をはたらかせるのが、平野謙の研究の特徴だが、それには長所もあり短所もある。

平野謙が「小林多喜二に三人の愛人があったら、やはりハッキリ三人の愛人と書くべきである」（「小林多喜二」）と発言したのは、一九六〇（昭和35）年二月十六日付の東京新聞紙上であった。さらに「文学史研究の一条件」（1961・7「中央公論」）のなかに、佐多稲子の「二月二十日のあと」（1933・4、5合併「プロレタリア文学」）から引用して、こう述べる。多喜二の通夜の席に「親戚の婦人三人」が駆けつけたとあるけれど、当時、小林家の親戚が三人も東京に在住していたか。平野謙は疑問に思ったというのだ。「晩年の小林多喜二に、いわば肉体的な愛人と精神的な愛人とが並存していたかいなかったかは、私としては気にかかる問題だが、こういう推測ははたしてプライヴァシイ侵害だろうか」。三人の一人に若林をあげたが、若林は伊豆に帰省中で多喜二の通夜には出席していないとわかり、平野謙は自分の推理のミスを認めた。しかし引きさがらない。「若林つや子ではなかったにしても、小林多喜二と彼女らの微妙な関係を無視することはできない」と、とても執拗なのだ。「かつて私はその問題をとらえて、当時の小林多喜二は党絶対化から自己絶対化という一種のラスコーリニコフ的な超人思想にとらわれ、文字どおり党に身命を献げた自分には、なにをしても許されると思っていたのではないかという下司の勘ぐりをしたことがある」とも、「小林多喜二と宮本顕治」のなかには書いている。

## 多喜二・四人目の女性

ところで、多喜二と女たちとの「微妙な関係」って、いったい何だろう。平野謙は、その背後にどんなことを含んでこのように表現したのだろうか。わたしは、古澤真喜が六十をすぎて執筆した「碧き湖は彼方」を読んで、はたと気づいたのであった。若いころ左翼運動にかかわった自分と仲間たちとの交流を描いた自伝的小説だ。多喜二だけが実名というのも奇妙であるが、登場人物にはモデルがいるとみてよい。「茂住杏子」は作者の分身。「古賀律子」は平賀なにがしといって、古澤の同級生だ。二人は「渋谷にある女子専門学校」英文科三年生で、卒業をまぢかにしている。古澤のナマの日記を読んだ作家の一ノ瀬綾によれば、そこに〈平賀女史〉と出てくるという。〈小林多喜二没後35周年〉の新聞記事がノートに貼りつけてある。〈親友の平賀女史〉が〈下宿で袴をぬいでせっせと多喜二に会いに行った〉と。古澤も、平賀の紹介で多喜二に会っている。二人が通学した、現在の実践女子大の桜同窓会事務局へ、わたしは問い合わせてみた。平賀のほうは同窓会名簿には掲載されていない。中退者だからだ。〈クラスの中でもいつもお一人で、たいへんおとなしく目立たない方という印象をお持ちでした〉と、同級生にたずねてくれた局員の回答が後日とどいた。

古澤の小説は『びしゃもんだて夜話―古澤元　古澤真喜遺稿集』（1982・3　三信図書）に収録されて単行本になっている。著書を読みおえて、とっさに、わたしは思ったものだ。モテ男が文学志望の女たちを金銭的に利用した話か、と。作者も左翼の活動家に金銭をまきあげられている。執筆時、体験のにがにがしい傷は、完全にぬぐいきれていなかったのであろう。過去はいま現在につながる。夫の古澤元は死んでいる。もしあのとき、左翼的言辞にほだされてうっかり結婚していなければ、せっかく就職した出版社を辞めていなければ、自分にはべつの人生が開けていただろうに、との思いが、作者にはくすぶっていたのかもしれない。自分は「運動に必要な資金調達の方便」に結婚させられたのだ。そんなあてどない心情が作品のモティーフになっていないか。作者は、平野謙が主張する「道具化」され「人間蔑視」された女たちのことを、冷めた眼で具体的に描く。平野謙はどうしてか、活動家の金銭感覚については書いていない。古澤は、その実態をじつにシビアに切りこんでいる。「左翼というかくれみのを利用して、手を汚さずに金銭を得る」と。さらに、革命運動を推進する党の「無謀な指導方針」におよび、多喜二の世故たけた姿を浮上させる。多喜二は党の幹部だから、古澤の彼への批判はまこと手厳しい。そして、古澤は客観的に運動を総括するのであった。「当人の意志が全く無視されているということのおかしさなどは、人も我れも不思議と思わないのが実践しているものの当時の考えだった」と。

多喜二が刑務所から出所したのは、一九三一（昭和6）年一月下旬のこと。多喜二は、この年から翌年の地下潜行までの期間に四人の女とかかわっているのだ。モテ男だったのか、気が多かったのか。写真を見れば、鼻筋がとおって、おでこがひろい。まゆが途中で切れているのが難点だが、知的な印象は女たちにもてる人相なのか。作家の大江賢次がいう。大江は「シベリア」（1930・5）で「改造」の懸賞小説二等に当選している。自伝小説『アゴ伝』（1958・11新制社）のなかに多喜二との出会いがくわしい。多喜二は「瞳の色がただものではなかった」「能弁で秋田なまり、高めの声でずばずばと押しつよく話した。卑屈や屈託がみじんもない」と。「わい談が好きで、女好きだ」ともいう。大江がいう特徴こそ、多喜二の女たちをその気にさせる強力な武器であったのかもしれない。

この大江を仲介にして平賀は多喜二に会っている。多喜二は作家同盟の作家たちと片岡の家にやってきた。蔵原惟人や中野重治や壷井繁治など「戰旗」のメンバーも集まった。多喜二が田口から結婚をことわられたころだ。文学志望の平賀はまず、作家の片岡鉄兵の家をたずねる。片岡は横光利一とならぶ新感覚派の論客であったが、転向してプロレタリア文学運動に参加していた。大阪へおもむき関西共産党事件に巻きこまれ検挙される。東京の自宅には不在であった。妻はいた。片岡の書生の大江が平賀の対応にでた。大江はせわ好きで、ちょこまかした男のようだ。創作指導を請うておとずれる〈女性退治の用心棒〉みたいな存在でもあった。片岡は作家、円地文子の初めての男性だというが、〈女たちへのあしらいがとてもうまかった〉とは、小坂多喜子の追想だ。

## 「微妙な関係」の意味するもの

「律子」は卒業まであと二か月のところで、学校を中退する。「小説を書いていくことにきめたの」と、「杏子」に話す。二人は物質的には恵まれていたものの、精神的には悩みをかかえていた。「杏子」は郷里の祖母から多額の仕送りがあったが、実家のトラブルにこころを痛めていた。社研の読書会に参加して、レーニンの国家論や共産党宣言をよむ。「律子」は伯母の家の養女だ。外国に住む実父は再婚のために娘をすてたと憎悪している。創作はその空しさを埋めるもので、みずから多喜二に指導を請うた。自分らしく生きようとする女たちのゆきつくところは、左翼運動だったようだ。

「彼の人間をあなたの眼で確かめて欲しいのよ」。「律子」の依頼をきいて「杏子」は推察した。「律子」にとって多喜二は指導者としてだけでなく、べつの意味があるのだ、と。愛情をもちはじめたのかもしれない。それに多喜二は応えるだろうか。「律子」に「しくまれた罠」を懸念するが、「杏子」は依頼を承知するのであった。すでに学校は卒業して出版社に就職していた。一九三一（昭和6）年四月の花曇りの日、レストランに多喜二は現れた。小柄なからだにセルの単衣（ひとえ）を着ている。「律子」は多喜二とこれまでに何回か会っていた。一時間ほどして、慌ただしく多喜二は帰っていく。〈別れぎわ、平賀が多喜二にひそひそ話していた〉と、古澤の日記にはあると一ノ瀬はいう。「重要なポストの彼が愛するなどあり得るはずがない」「もし彼女に希望をもたせるような意志表示を彼がしたとしたら、それはあきらかに彼女の背景が目当てである。愛は方便であり、彼女は単に利用されるだけだ。人を愛するということは何と悲しいものだろう」。この分析は、「杏子」にかさねた作者の本音にちがいない。「律子」の気持ちは、なんら描かれていないのだ。

「彼女に希望をもたせるような意思表示」とは？　多喜二は「律子」に小説が完成したら「火の鳥」に紹介するといった。これこそ「希望」にほかならない。「火の鳥」は実在する文芸誌だ。一九二八（昭和3）年十月から五年間、発行されている。芥川龍之介の恋人だという片山広子のすすめで、詩人の竹島きみ子（渡辺とめ子）が資金を提供した。上流階級の女性たちが寄稿し、同時期に発行されていた「女人藝術」のような社会性は乏しい。わたしは念のため「火の鳥」のバックナンバーを近代文学館で調べてみた。が、「律子」こと平賀姓の作品は出てこなかった。発表にまでこぎつけられなかったのであろう。創作指導を名目に文学志望の女たちから金銭をうけとる。活動家にあって金銭はいのちづなみたいなもの。ビジネスライクに考えれば、多喜二の方法は理解できる。しかし「火の鳥」については多喜二のたくみな口実ともとれる。女たちはその誘い文句に舞いあがり、しかも男の自分への愛情と錯覚する。「杏子」も、翻訳文を「戦旗」に掲載すると活動家にいわれて飛びついた、と告白している。多喜二と「律子」のあいだには「微妙な関係」が生じた、とみるべきだろうか。平野謙はこのことをいいたかったのかもしれない。多喜二は、女たちをその気にさせて金銭をまきあげる。平野謙なら、これを「男性的駆けひき」と「左翼的言辞」を弄したと、批判するだろう。わたしは、この古澤の体験にそくした小説を読んで、平野謙のいう「微妙な関係」にたいして、このような仮説をたててみたのだ。

平賀は、その後どうしたのだろう。平賀のあとに多喜二が交際したのは、若林である。「女人藝術」の編集員で、ソヴェート友の会に勤めていた職業女性だ。若林にかんしては、小著を参考にしてほしい。一九三二（昭和７）年一月のこと、多喜二は若林に手紙を書いている。「女の作家は女でなければかけない女をかかなければうそですね」（『定本小林多喜二全集』第14巻）と。こんど作家同盟新メンバーの若林を個別指導することになったと伝えながら、多喜二はアドバイスする。じかに話したほうがいいから自宅に来るように、とも。さらに同年三月上旬の手紙にはこうある。「君は農村で育ち、実際的な農民の生活というものをよく知っているのですから、理論方面をもう少し勉強すれば、農民ものが書けるはずです。婦人の立場から書くべき事は多く、しかも婦人作家で農村を取扱う人は今のところ少い」。文面から察するに、多喜二の指導は的確だ。じつにまめまめしい先生だ。しかし、こうも書いていて素っ気ないではないか。「君は健康のためにも、もう一度よく農村を見直すためにも、二三ヵ月田舎へ帰ってはどうです」。若林は多喜二から〈三回〉指導をうけている。多喜二の仕事のスケジュールは緊迫してきた。四番目の伊藤との関係が生じていたのであろう。若林は多喜二の妻の候補にのぼったが、拷問に耐えられるだけの強さがないと、共産党がその結婚に反対したという。若林が感知しないところでの結婚話であった。伊藤はみずから積極的に多喜二へ近づいている。

こうして多喜二の四人の女性関係を追跡してみれば、多喜二は自分のそのときどきの条件を中心にして、その立場をサポートできる女性選びをしている。自分の出世をかなえるための女性選びともいえよう。師範学校を卒業して経済力のある若林は妻にふさわしい。地下潜行のパートナーには、大胆な行動派の伊藤がうってつけだ。手塚英孝は年譜のなかで、「結婚」「妻」ということばを用いて伊藤と多喜二との関係をとらえている。切迫した状況のなかで、伊藤はハウスキーパーの存在とみなすほうがよいと、わたしは思う。平野謙のいう多喜二の「自己絶対化」とは、観念的なことばだが、女性関係を追えば、平野謙の説は妥当だ。やはり「党生活者」の「佐々木」にかさなるものが、現実の多喜二にもあったはずだ。四人の女性関係が、そのことを如実にもの語っていよう。ひとつ注意したいのは、多喜二は指導欲の強い人であったということ。田口にあてた手紙など読むと、それがよくわかる。「自己絶対化」とばかりいえない、性分みたいなものも、一度考慮してみるとおもしろい。四人の女性のなかでは田口にいちばん思いをよせていた、と想われる。

# 第四章　晩年の抵抗と散文精神

## 人をみる眼と仕返し

〈一日も早いほうが勝ちだからなあ〉。とつぜん平野謙がいいだす。大学院の教室には数人の院生がいた。法大の教授、小田切秀雄が沖野岩三郎について書こうとしているようだ。それよりも早く沖野論を発表したい。先手を打つために、平野謙は院生に自分の所蔵する資料を積みあげ、書けといって渡すのだった。沖野は牧師で小説家だ。前年に平野謙は「沖野岩三郎のこと」（1970・3「群像」）というエッセイを発表している。一九七〇（昭和45）年正月、平野謙は紀州の海岸線に沿ってドライブに出かけた。この辺り出身の「沖野岩三郎が大石誠之助の未亡人エイ子の身のふりかたにすくなからず尽力している事実を知った。そこで改めて沖野岩三郎に関心をかきたてられ、家蔵する沖野岩三郎の著作もすこしひっくりかえしてみた」という。師のその資料を借りて院生は徹夜で書きあげた。「文学」に「沖野岩三郎論」（1971・6）は掲載され、平野謙は小田切を制したことになる。その翌月、小田切は沖野論を「革命派の牧師作家」（「辺境」）と題して発表した。つづいて平野謙は、べつの院生に上司小剣論を書かせた。その分野の専門家、西田勝が、いくら院生でも論文には書誌的なミスが多すぎると批判してきた。〈おてやわらかに〉という電話が平野謙から西田にかかってきたとは、西田門下生から後年になってわたしはきいている。岩波書店の学術雑誌に論文を発表するのは実力の証しのようで、二人は卒業後、明大の講師になり教授にまで昇格した。沖野論掲載まもなくのことだが、〈彼はすでに発表されている論文を整理して紹介するのが、上手なんだ〉と、平野謙はいう。それ以上の文学的実力はないんだよと、言外ににおわせているように、わたしにはきこえた。彼は目立った業績もあげられず明大を中途退職して、がんを患い六十九歳で他界している。もう一人は出世街道をまっしぐら、明大副学長をつとめ、いまも在職している。

〈平野謙の眼はフシアナだ〉。男子院生たちがぼやくことしきり。わたしは、院生たちのなかで最も女性蔑視のひどい男を平野謙は選んだのかと思った。〈一人の男もくわえられないのか〉。わたしは夫探しに入学したのじゃない。たしかに人間的にもくだらない男だ。こういう人が男女共学の大学で教鞭をとってきたのである。平野謙の眼は、結果的にみてもフシアナだったといえるかもしれない。自身の感情と利害を優先して、相手の中身をしっかりと見ていない、そういうところが平野謙にはあったのではないか。

大学院受験での面接のとき、全学連世代で六〇年安保闘争をたたかい傷ついた男性は、試験官へこう答えたという。〈唐木順三氏の文章も、平野謙氏の文章も、ぼくを救ってくれるものではありませんでした〉。入学後、彼に対する平野謙の態度はどこかとげとげしかった。わたしの目にはそう映ったし、本人もそれを微妙に感じとっていた。平野謙は一見オープンのように見えて、じつは自分を否定した人への反発がしつこかったと思う。その一つが先述した小田切にたいするもの。そして宮本顕治への長きにわたる対決。いずれの執念も、平野謙のそうした性格的なものがバネになっている。小田切とはおもてむきの交流はつづいていたが、平野謙の心もようは複雑怪奇であったろう。しかし、このしつこい性格があってこそ、文学研究は成果をもたらすものだ。平野謙のこんな性格を非難してはならないが、平野謙には誤解もあった。しつこいようだが、小田切が西田を盗ったのではない。

自分のもとを去っても西田のことを、平野謙は心にかけていたのであろうか。両者には息の合った蜜月時期があった。師弟関係にあり、平野謙は西田を育てようとしていたのだ。平野謙の『戦後文藝評論』（1956・11　青木書店）の「解説」を西田が担当している。また、西田の『日本革命文学の展望』を平野謙が「東京大学新聞」（1958・4・16）の「新刊時評」に採りあげている。西田は明治時代の思想家、田岡嶺雲の研究をしてきたが、田岡にかんする単行本は刊行していない。『田岡嶺雲全集』全八巻の編集、校訂、解題を手がけている。学問と、非核ネットワーク世話人などをしながら政治との両立をめざしてきたようだが、内地留学中にあって研究に勤しむべきところを、反核の活動がめだちすぎて学内の教員たちの反発を買ったという。最近では、〈もう誰もつきあっている人はいないだろう〉〈人をあごで使う〉などと、西田の横暴を批判する後輩たちの声を耳にしている。西田は、どちらかといえば政治的な人なのかもしれない。さきの全学連世代の男性がこう追憶したのを、わたしはよく覚えている。勤務していた出版社の編集部に西田が現れ、雑誌「文学的立場」の発行をもちかけた。その交渉がいかにも政治的に思えたと、彼は話した。田鶴子夫人のラブレターとは関係なく、平野謙と小田切とをいわば両てんびんにかけていた西田は、いずれ、小田切を選択し平野謙のもとを去って自然であったろう。

平野謙は、自分が担当していた朝日カルチャーセンターの日本文学史講座などができなくなると、その後任、代役に小田切を指名したり依頼したりしている。自信たっぷりの小田切は、「平野がわたしを信じてくれてぜひ代役をというのは、特別なことだとも思った」「平野を応援するためには」やむをえずひきうけた（「わたしのがわからの平野謙—平野謙についての新刊二冊に触れながら」１９９４・10「すばる」）、と書いている。平野謙は、西田を自分のところから盗った小田切に気づかせたかったのだ。平野謙一流の仕返しの戦略なのに、小田切は気づいていなかったようである。

## 住民運動の手ごたえ

東京都施行の区画整理事業の計画が決定されたのは、一九七〇（昭和45）年のことだ。三月、その反対運動のために地元に喜多見町区画整理対策協議会という団体が結成され、平野謙はその代表に推される。初めての住民運動に家族ぐるみで参加し、地域の住民とともにたたかうのであった。最寄りの喜多見駅から平野謙の自宅まで、各家の門灯には毛筆で書かれた反対表明の和紙が貼られていた。平野謙の毛筆の文字だ。その和紙には、板が裏打ちされていない。平野宅の門灯には特別大きな文字の和紙が春風にゆられていた光景が、いまわたしの目に浮かんでくる。平野謙は会長として、自転車に乗り町内をかけまわる。戦前の左翼運動は、レポーター役、ガリ版切りであった。還暦をすぎて傍観者の立場から実行者の立場へ。平野謙はこれまで、書斎に閉じこもってナマな現実を回避してきた。しかしここで、視察のため名古屋市や広島市までおもむき、平野謙の肉体は大活躍である。活動家コンプレックス返上か。と思うがそうではない。平野謙は藤枝静男にこういったという。「おれはこの仕事をもっぱら私利私欲のためにやっているんだと称して実際に公共のために奮闘してやまぬという、珍妙な言行不一致、つまり最も純粋な文士らしい一面を見せている」(『寓目愚談』1972・9 講談社)と。

さらに翌年に平野謙が書いた「都知事選に思う」(1975・2・22 毎日新聞夕刊)のなかには、こうある。美濃部亮吉が東京都知事の三選不出馬を声明した。平野謙は一九七二(昭和47)年十一月、住民運動の代表として美濃部知事に面談し、地域住民の同意なくして区画整理は行なわないという確約を得ている。つぎに石原慎太郎が知事になれば、この確約はいっぺんに吹っとび、生存権擁護も危うくなる。そこで平野謙はこの声明を、一文芸評論家としては「一種のショック療法」と受けとりたいという。「住民が主人公だというタテマエを、美濃部さんも共産党も社会党もくりかえしてきた。しかし、土壇場になると、彼らはすべて住民自治の原則をおっぽりだしてしまった。そういう彼らの実体を、この際私ども市民のまえ存分にさらけだし、ウミをだしつくすがいい」「そうなれば、単に共産党と社会党だけではない。美濃部さん個人に対しても、私どもはもはやなんの幻想も抱かぬだろう」。そういう苦い代償を支払うことで「逃げ場のない私ども市民たちは、ささやかな日常の利益を自分たちの手で守ってゆくという覚悟を、新たにするしかあるまい」（１９７５・２・22　毎日新聞夕刊）。平野謙の政治、政治家への不信の念があらわだ。政治は市民を守ってくれやしない。政治が何をするのか、見るべきものをチャンと見たいと、平野謙はいう。現代に通じる市民の実感であり、平野謙のこの指摘に先駆性を感じる。

自宅の庭三分の一をかすめて道路が拡幅されると、車の騒音で執筆に障害が生じるなど、平野謙は院生の前で弁明した。たびたび休講にしていたからだ。わたしたちは〈準公用〉という理由の貼り紙をみながら、この〈準公用〉ということばにこだわったものだ。わたしは見ていないが、平野謙は、ＮＥＴテレビの「アフタヌーンショー」に住民二十数名とともに出演し、視聴者に大声で訴えてもいる。市民としてひたすら個人の利益を守ろうとした。戦前の運動よりも目的がはっきりしていて、たたかうものとしてはさぞ、実感があったろう。手段も透明だ。しかし、平野謙は「ささやかな成功」（１９７０・12「婦人公論」）のなかにこうも書いている。「実をいえば、私一個としてはささやかな成功などヤニさがっていられぬ思いもある。本多秋五と藤枝静男は大正十五年以来の旧友だが、彼らは昨年『遠望近思』『欣求浄土』という作品集を刊行して、老年にふさわしい新境地を拓いた。八高トリオなどといわれながら、私ひとりが埃っぽい住民運動の塵にまみれ、すでに秒読みの段階にはいった晩年を空費しているというむなしさにたえがたいときもないではない」と。なお、住民運動のプロセスは、全集第十三巻に収録される十四点の作品がくわしく語っている。

## 「戦争責任」の再燃

平野謙の晩年は、心中おだやかでなかったのではないか。大学院の授業をしているとき、平野謙はのどのあたりに異物を感じるらしく、ときおりのどを鳴らしたものだ。きょくどの疲労のせいか、一度だけ、いねむりしていた。ことに一九七四（昭和49）年は、公私ともに自分とむかいあうことをよぎなくされた苦難の年であった。全集の準備にとりかかっていた。そこへかつて勤務していた情報局の上司、井上司朗から再会要望の手紙が舞いこむ。また平野謙はこの年、「ハウスキーパア問題」（1974・9「展望」）を発表している。左翼運動における共産党の「ハウスキーパー制度」。それを批判する文章だ。党との対決は、平野謙自身の「戦争責任」の負い目と表裏をなすものだと思う。さらに実生活では、子どもたちに家を残そうともう一軒新築する。そのために「身分不相応」の大借金をした。旧居と道をへだてて建てられたこぢんまりした新居にはアパートも設けられ、入り口はべつになっていた。外見からはアパートがあるとは気づかない。平野謙の「昭和五十一年日記」を読むと、そのアパートには大学生たちが住んでいて、ぼやさわぎのことも書かれている。アパートの賃料は、平野謙の妻子への配慮にちがいない。

長男を信大の医学部に学ばせている。父親としての堅実さではないか。最近のこと、わたしは、安部ねりが語る「父の奇矯な悪戯」（２０１３・５・16「週刊新潮」）を読んだ。娘が医学部にすすむとわかって父親で作家の安部公房は、「これで共産主義になっても食べていけるぞ」「社会が激変しようが豊かさは求められずとも食うことに困ることはない」と、賛成したというのだが、平野謙の脳裏にも安部とおなじ考えが浮かんでいたのではないか。父親として息子が医者になることに賛成する。あるいは父親がそうすることを息子にすすめた。長男の医学部志望は工学部を卒業してからのこと。そこには文学者、平野謙の定職のなかった自分の過去への苦い反省がこめられていたかもしれない。長男が医者デビューするのは父親が死んでからだ。〈息子が勤務先の病院でしごかれています〉。田鶴子夫人の弾んだ声が、いまきこえてくるようだ。

一九七四（昭和49）年三月九日、平野謙が井上の再会要望を拒否しただろうことを、わたしは前章に書いた。それいらい平野謙からの音信は絶えたという井上は、このとき平野謙あてに書いた手紙のコピーを、渡辺久二郎、中村真一郎、村松剛、長谷川泉に送っている。渡辺の長男、陸は、そのコピーと井上がのちに発表する「月刊時事」の文章とは一致していたと証言した。そして翌年十二月に発行された全集第十三巻には、情報局でのことを書いた作品二点は掲載される。しかし事実の誤りは修正されていない。井上は激怒した。「私の申し出を無視した彼のしたたかさと、その戦争賛美の恥部をかくし通そうとする卑劣さ」（『むねん』）へ、「今、隆々とジャーナリズムの主流にのっている」ゆえに「厳正な批判を加えなければならない」と思いたつのだ。井上のその激怒を抑えたのが、長年の友人渡辺であった。「井上さんの気持はよく判るが、実は今、平野氏、病気で入院中なんだ。もう半年もすればよくなって退院の見通しだから、それまで待ってやってくれ。同じ土俵で堂々と論戦した方が男らしいし、効果的ではないか」と。平野謙が食道がんの手術をうけた一九七六（昭和51）年五月ころのことだ。「それも一理ある」。井上は渡辺の説得に応じた。

しかし平野謙は死んだ。「だからいわぬことじゃない」。井上はふりあげたこぶしのやり場に困ったか、渡辺をうらんだ。自著のなかで渡辺の名前を削除したという。これを井上の報復とみた渡辺陸はいう。〈井上も平野も、どっちもどっちだ〉。この件をつきはなして受けとめていた。陸は父の遺稿集『むねん』の文章を整理し編さんしている。出版の費用は二男のなべ・おさみが負担した。なべは、井上から平野謙批判を吹きこまれていたようだ。ニッポン放送の創立に関与した井上のせわで高校生のころから同放送局でバイトをしていたときいている。

渡辺と平野謙とは、平林たい子記念文学会の役員をしていて面識があった。渡辺はたい子について書いた自作をそのつど平野謙に送っているはずだ。「『文芸戦線』時代の高円寺周辺」（1976・10「法政通信」）がとどいたことを平野謙は話している。筆まめな渡辺は、井上とのことを知らせていないだろうか。平野謙は、いずれ、井上が自分の情報局でのことを書いて暴くだろうことは、術後に承知していたと想う。なお、渡辺が井上に忠言しているころ、わたしは渡辺と電話で話している。〈こういう病は、手術後二年くらいといいますね〉。渡辺のいうとおりになった。井上との論戦は、平野謙の生前にするのがよかったのか、死後一方的に書かれてよかったのか、わからない。後方に井上のいわば脅しを感じながら、前方へむかっては共産党批判の文章を書くのだ。それが、平野謙の昭和四十九年のことであった。

## 「第三の道」を獲得

『平野謙全集』第十三巻には「内容見本・著者のことば」が収録されている。わたしは、昭和四十九年は平野謙にとって苦難の年であった、と書いた。「著者のことば」は、その一九七四（昭和49）年十月に執筆された、全集刊行にさいしての文章だ。平野謙は、いま現在は「自然のもとに包摂される人間の日常的な運命を、そのものとして尊重したいと思わぬでもない」と、注目すべきことを書いている。ここでわたしは、平野謙が「第三の道」を手にするまでの四十年間の文学的道程をふりかえってみたいと思う。平野文学のどこを切ってもその断面は、キウイフルーツのようにおなじで、日常性の大切さが主張されているが、その間ささやかな変化はあった。その推移を『平野謙作家論集　全一冊』（1971・4　新潮社）などを参考にしつつ要約してみたい。

「生活のために芸術を犠牲にせず、芸術のために生活を犠牲にせぬ生きかたが、次第に芸術の枯渇か生活の破滅しかもたらさぬ私小説独特の矛盾を指摘し、革命もせず、自殺もしない鳴海仙吉のような生きかたに、第三の道を見出そうとした」のは、一九五一（昭和26）年のことだ。しかしそのとき、平野謙にはまだ「破滅もせず、調和もせず」に生きながらえる積極的な意味が、よくつかめていなかった。凡人はみな虫けらのように死んでいく。その「虫けらのような自然発生的な生きかた、死にかたに、もっと目的意識的な意味を見出すことはできないものか」。それを希求したとき、平野謙は、広津和郎が太平洋戦争末期に書いた徳田秋声像にぶつかる。平凡な人間の「不完全な人間と人間との組み合せに、小林秀雄のいわゆる馬鹿は馬鹿なりに完全な世界が無限にひらけてくるというふかい受け身の受容態度、そこに徳田秋声の作品世界の基調がある」と、ようやく、平野謙は自得するのである。一九六五（昭和40）年ころのことだ。

秋声は、一八七一（明治4）年に生まれ一九四三（昭和18）年に他界した。自然主義文学の作家で「仮装人物」「あらくれ」などの小説がある。平野謙はとりわけ、秋声の人間認識と人生態度に注目した。「秋声はなにごとも切りすてない、捨象しない、みずからもそこにまぎれこまれてのたうちながら、どこまでも不完全な人間同士の不完全な世界につきあってゆく」この「秋声独特な受容力は、人間の無明ということに思いをいたした人でなければ到達しがたい人間認識」だとも、平野謙は注釈する。「無明」とは、辞書によれば、「（仏教で）煩悩におおわれて、道理をはっきり理解できない精神状態」とある。広津は秋声の受容力を「吸取り紙のような不思議な消化作用」と呼んだ。秋声から学んだ広津は、「みだりに悲観もせず、楽観もしないで、忍耐づよく、執念ぶかく生きとおしてゆく精神」を提唱した。これを平野謙は翻訳して「見るべきものをチャンとみるという散文精神」とも書いている。それは広津にして初めていいうるリアリズム論だとも、平野謙はみとめる。これがすなわち「第三の道」にほかならない。一八九一（明治24）年生まれの広津は、平野謙より十六歳年長だ。プロレタリア文学の政治優先主義に疑問を投げていて、平野謙と共通項があるが、学問的な背景や範ちゅうにとらわれない広津の自由な批評態度に、平野謙は共感してもいるのだ。広津は、一九五三（昭和28）年十月に「真実は訴える」（「中央公論」）を発表してから五年間、松川裁判批判の筆をとりつづけた。一つことを解きほぐしていく根気と説得力にも、平野謙は心を動かされたにちがいない。裁判は被告の全員無罪判決をくだしている。

なお平野謙の、秋声の「縮図」にかんする読解のなかに気になるくだりがある。この長編小説は、一九四一（昭和16）年六月から都新聞に連載されるが、八十回を迎えたとき軍情報局の弾圧により中断された。この作品に登場する「お島」は、みずから運命を切りひらいていく女性だ。いっぽう「銀子」は、消極的で受け身の女性だ。この姿勢の拠ってくるものを、平野謙は説きあかす。「銀子が芸者という一定の組織のなかにはめられ、その枠のなかでしか動くことができなかったからだろう。しかし、そういう枠のなかにはめこまれているということが、とりもなおさず特定の時代や社会のなかで生きてゆくということであり、人間だれしも一定の社会の制約のなかでしか生きてゆけないのである」と。一九六九（昭和44）年十月の執筆だ。この銀子の生きかたに、平野謙は自分のこしかたを重ねていないだろうか。「人間だれしも一定の社会の制約のなかでしか生きてゆけない」。晩年の平野謙の偽らざる気持ちとして受けとめられる。そう考えれば、その後におとずれる恩賜賞受賞も、この線上での決断であったかもしれないと気づくのである。「人間の日常的な運命を、そのものとして尊重したい」という到達点にいたるまでの四十年間の足跡には、もちろん、平野謙のこしかたの個人的な体験がふくまれる。情報局勤務をとおして実感した、組織のなかでの個人の制約。離婚騒動をとおして自覚した、父親としての責任などなどが。

# 第五章　おんな活動家たちへの視線

## 「ハウスキーパー制度」の存在

練馬区に住んでいる作家の中本たか子に、わたしは問い合わせの手紙を書いた。左翼運動に挺身していたころのことを訊きたい、と。ほどなく返事が封書でとどいた。ていねいな人だと思った。共産党の幹部で、夫の蔵原惟人が通風を患っている。その看病で取材に応じる余裕がない。ある著書のなかで、自分のことがハウスキーパーと書かれていた。それは〈半分は真実で、半分は妥当でない〉。自分は〈自費でやっていた〉。いまは原爆について執筆している。原爆は現在、未来のテーマだ、と中本はいう。そのときどきを一生懸命に生きる人だ。刑務所に入れば兵隊の白衣を縫い、入所者にもノルマを果たすようハッパをかける。出所すれば生産文学を書く。行為に熱中する人にちがいない。ある著書とは、平野謙の『「リンチ共産党事件」の思い出』（1976・6　三一書房）、『わが文学的回想』をいうのであろう。中本は、平野謙の説へ暗に抗議しているようだ。中本は当時、共産党員ではなかった。二度検挙された。一九三〇（昭和5）年六月から、党の中央委員長、田中清玄のハウスキーパーであったこと、警察の尋問にたいして頑強に抵抗したことなどから起訴されている。中本は一九二八（昭和3）年に「アポロの葬式」でデビューし、新感覚派の文学からプロレタリア文学に転向した。マルクス主義の理論も、組織的な訓練も、まだほとんど身につけないうちに、全協のオルグのような役をひきうけて、亀戸の東洋モスリンでは反対派の分会を組織する。全協のどの機関が決定したのか。中本のような組織的な経験のない素人にもひとしい女性を、そのままオルグとして採用すること自体、ずいぶんおかしなことに思われる、と平野謙は疑問を投げる。中本は作品集の印税をもっていた。共産党は、中本をスポンサーとして狙ったのではないか。「自費」でまかなえるだけのお金を所持していたのだ。中本は岩尾家定のハウスキーパーもしている。その間に生じた彼との恋愛を、運動のため、党上部の承認がないため断念するが、妊娠していた。三一（昭和６）年二月、精神のバランスをくずし発狂して松沢病院に入院する。わずかの期間になめた中本の辛苦は、左翼運動におけるおんな活動家の悲惨そのものだ。戦後に「赤いダリア」（１９４９・２「世界」）を発表した。左翼体験から早い時期での作品化だった。作中で中本は共産党を痛烈に批判する。「壁にかかる画像」（１９５４・９「中央公論」）と「夫への公開状」（１９５４・11「婦人公論」）もあわせて読めば、中本が戦前の左翼体験を戦後もずっとひきずって生きていることがわかる。男性中心に展開した運動を否定する。ハウスキーパーの問題をとやかく言われたくないと逃げる夫の高慢をつきあげるのである。

共産党の宮本顕治はいう。「日本共産党はハウスキーパー制度といふものをかつて採用したことはなかつた。個々の党員が夫々ふさわしい婦人党員と同居することは、その人達の自由であつた。党は干渉しなかつた」（『人民の文学』）と。たしかに結婚へと進めたカップルもいる。小坂多喜子と上野壮夫の例だ。小坂は当時〈ハウスキーパーの存在はうわさではきいていたが、本人から直接きいたことはない〉と話した。勤務先の戦旗社で上野とは面識があった。上野は「戦旗」の編集兼発行人であった。小坂は自分のほうから上野の下宿に〈押しかけ〉たという。結婚して妻となる。アジトで男児を出産する。〈上野にたいして最初から愛情がもて、同居してからは大船に乗ったような安心感をえた〉とも。しかし、中本や北村律子などのケースは、宮本の建て前主義では説明がつかない。「党は干渉しなかった」なぞ大うそで、後述する律子がちゃんと証言している。

中本に取材できない。さぁて、どうしよう。思案に暮れていたところ、律子から承諾の返事がとどいた。平野謙の「ハウスキーパア問題」に登場する人だ。浜松市在住の律子は展覧会めぐりで上京するおり、新座市のわがアパート近くの第一ホテルに宿泊するという。志木駅に現れた律子は、大柄の女性で、手製のスーツがよく似合っていた。はたらき者の大きな手をした、気さくな人だ。〈もう少し早い時期ならよくおぼえていたですがね。八十にもなると考えることがめんどうになります〉と、笑いながら話しかける。このあとも何度か律子と、わたしは浜松に帰省したおりなどに会っている。〈本名は書かないで。恥ずかしいもん〉と言ったときの表情がいま、くっきりと頭に浮かんでくる。平野謙は文章のなかで、「私の推定」「純然たる憶測」「単なる想像」と弁明する。実際に当人に会って話をきけば、当時のハウスキーパーの実態がどんなものであったか、その輪郭はつかめてくる。〈あなたは若いんだから、どんどん書いてくださいい〉。律子の気持ちのよい励ましも、いまに忘れがたい。

律子の相手の西田信春は、共産党中央オルグとして一九三二（昭和7）年八月、福岡に到着し、その年末には全協の九州地方協議会を成立させた。当地での活動の拠点ができる。が、翌年二月十一日、警察に治安維持法違反の容疑で捕まり、取り調べの最中に拷問死している。多喜二の死より九日前のことだ。

中本はなぜ、わたしがたずねもしないお金のことをいってきたのだろう。「自費」はせめてものプライドの顕示かもしれない。ハウスキーパーの体験者は、活動の実績を誇りにできない。お金を提供したということで、自身の活動の意味を認めさせようというのか。中本は、『わが生は苦悩に灼かれて』（1973・11　白石書店）のなかでこう書いている。自分は「くつみがき」から「こやしがえ」までやった。党からは一銭の支給もなかった。母親には足袋（たび）一つ送っていない。自費でやらざるをえなかったのは、「自分の収入のぜんぶをそちらにささげなければ、何だかやましい感じがしたから」だと。この「やましい」心情は、旧華族やブルジョア階級出身のおんな活動家のなかにもあった。中野重治は「ある日の雑録」（1973・1「文學界」）のなかで、「ハウスキーパア問題はおおむね女性にとって不幸だったのではないか」と。また、駒尺は『魔女の論理』のなかで、「トヨタ自動車では、男社員には必ず女の子の助手が一人ずつ付いているそうである。それは正しくこの社会の縮図である。かつて『党生活者』をめぐって、ハウスキーパー問題が論じられた事があったが、二人が結婚していなかったから問題になったままでで、もし初めから結婚していたならば、同じ事をしても何の問題もなかったのではないだろうか」と。二人とは登場人物の「笠原」と「佐々木」のことだ。さらに、作家の富岡多恵子は『表現の風景』（1985・9　講談社）のなかで、「運動している女性は、『女性』の体制からのハグレ者として男の同志に認識されるところがあったはず。従って、ハウスキーパーに同志としての戦略が期待されるはずもなく、炊事洗濯等のハウスキーピングはもとより、性が当然要求されたのだろうし、その性は役割の性であったろう」という。律子は「不幸」だったとは言わない。男性活動家の炊事要員、快楽要員であったことは認めた。わたしは律子に〈西田のサルマタを洗ったか〉たずねなかったので、洗濯要員であったかはわからない。平野謙、中野、富岡、そして駒尺は論文のなかで、ハウスキーパーが金銭要員であったことをまったく書いていない。気づいていなかったのだろう。当時のハウスキーパーは、世間の人に普通の家庭を見せかけるためにだけ必要だったのか。それはちがう。男性活動家は実質がほしくておんなたちを必要としたのだ。彼らの男女同権の進歩性なぞ、おんなたちの幻想にすぎない。彼らは、自分たちの闘いのこまをすすめるべく便利な道具としてのハウスキーパーが必要だったのである。中本も律子もそれに充分こたえている。

この章では、わたしは自分で調べたことを書いてみたい。北村律子、伊藤ふじ子、木俣鈴子、熊沢光子（てるこ）。そして数人のおんな活動家。四人のなかで直接話がきけたのは律子だけだ。その周辺にいた数人にも会っている。ふじ子と鈴子については、その関係者をたずね歩いて取材している。相手が警察のスパイだとわかり獄中で自死した光子については、わが思うところを書いてみたい。調べた、聴きえたかぎりをここに書きとめるつもりだ。平野謙の推測に肉づけすればそれはおのずと立体化してくるはずだ。なお、おんな活動家たちと組んだ男性活動家は、西田信春、小林多喜二、秋笹政之輔、大泉兼蔵である。

## 北村律子の青春——役割と享楽

一九三二（昭和7）年初冬、律子は、〈労働党の細胞〉から指示されたとおり、人目のつかぬ辺ぴな場所に行く。と、〈うすよごれた格好〉の二人の男が立っていた。八幡の実家から福岡へ出てハウスキーパーをするようといわれる。〈二人はどうも共産党の人ではなかったか〉と律子は回想する。相手は〈党の重要人物〉とだけ知らされた。本名は西田信春といい、和歌山県で生まれ北海道で育ち、東大倫理科を卒業しているなど、戦後も昭和三十年代になって、元同志で作家の牛島春子から知らされた。〈坂本さんて、そんなに偉い人だったの〉。律子はおどろいた。当時はどういう人かなぞ、たずねてはいけない。旧左翼の仁義だ。組織全体はもちろん、同志関係も掌握できない。ほかの同志との連絡がとだえれば、もう一巻の終わり。現在なら大いに疑問に感じるところだが、そのときは〈一つのことにまっしぐらで、ほかのことは目に入らない。他人に迷惑をかけるなど少しも想像できなかった。死ぬる覚悟で、死んでもよいくらいに考えてましたし。若かったですね。自分には極端なところがあったかも〉と、律子はつづける。

律子は党の重要人物のハウスキーパーを承諾した。〈党のため、革命のため〉という大義の前には当然のことであった。〈いのちを投げうってもいいくらいの激しさがあった。おんな活動家には当時、ハウスキーパーの部署しか与えられていなかったですもん。今ならそれを批判できるけど、そのときは批判する頭がなかった。みじめとは思わなかった。闘争の経過で必要ならばひき受けるしかない。素直に受けました。内容を疑うなどちっともなかった。与えられた仕事に最善を尽くすしかなかった。十九のときで余分なことを考えるゆとりもなかったですね〉。

西田は、東京でひそかに岩田義道の指示をうけ福岡に到着する、とまず、久留米市で質屋をいとなむ実家に武田千代をたずねている。〈党の使命をもって九州にきた。ハウスキーパーが必要でさがしているところだが、どうだろう〉。しかし、武田は〈働いた経験がないので工場に入って、組織づくりをしてみたい〉と、西田の要請をことわる。武田はこのとき金子政喜という同志を慕っていた。その後、鐘紡工場の女工になる。初対面の西田の印象を〈ひとことでいえば、紳士でした〉と、武田は取材したわたしに話している。武田は特高と結婚したが死なれて、初恋の金子と再婚する。

アジトの前方には田畑がひろがっていた。樋井川のほとりに建つ、大きな古い構えの家屋がアジトだ。二階の八畳と六畳の居間を借りる。一階に台所があった。〈大村修〉という表札を掲げる。西田は坂本、岡、坂田という変名をもっていた。ここでは坂本だ。年齢は三十だが、おじさんのように見えた。アジトは秘密の場所だが、同志の小山梅香と牛島春子の出入りは許されていた。十歳も若いおんなたちは、西田を〈おやじ〉とも、俳優のゲイリー・クーパーに似ていて〈パー〉とも呼んだ。階下の独り住まいの家主の女性に怪しまれぬよう、室内の本棚には法学全集をならべるが、それはケースだけで中にはメモや書類が入れてある。所帯道具も最低限そろえた。律子は若妻らしく針仕事をする。家主の着物を仕立てたり、西田の足袋のあなかぎやシャツのほころびを繕ったりした。

小山は律子の妹として、西鉄バスの車掌に就くまで一か月同居する。西田は諭す、〈自分が三日、帰宅しなければここを動け。三日間は警察になにを尋ねられてもしゃべらない〉と。さらに〈敵は拷問するだろう〉といいつつ、鉛筆を小山の指のあいだに入れギリギリまわして実演してみせた。律子は毎夜、雨戸を五、六センチ開けて電灯の光が外に漏れるよう用心した。帰宅する西田への、家宅捜索はされていないというサインなのだ。

律子は、新興住宅地の駅前商店街へでかけ、赤魚を一山、買ってくる。博多の近海ではよく捕れる魚は新鮮で安かった。鍋料理にする。帰宅した西田は食卓につき〈おいしい。高かったろ〉といいつつ舌づつみを打つ。律子は豆腐や油揚げなどを用いた惣菜も得意であった。西田は朝がた家をでて夕がた帰る。一九三二（昭和7）年二月の検挙で全協の組織は壊滅し、その再建に奮闘していた。〈海を見てきたよ〉。そんな日もあった。夫が毎日外出して妻が家庭を守るという、堅気のサラリーマン夫婦をよそおう日々がつづく。夜になると西田は、おそくまで原稿を書いたり本を読んだりする。本好きの律子は、ひたすら読書にふける。〈意気軒高としていたから、時間は埋められた。恐怖感はなかった〉という。〈西田さんは謹厳実直というのではないけど、えらすぎてね、肩がこった。活動家は浮浪者みたいな格好してるなかで、西田さんは着物をちゃんと着てました。百七十センチくらいの長身をぴんと伸ばしてた。きれながの細いきれいな目をしていて。口数は少なかったです〉。

## セックスの要求と金銭の提供

その翌朝、わたしは律子の宿泊する第一ホテルへ急いだ。貴重なハウスキーパー体験者だ。この好機を逃してはならない。いつになく気負っていた。そんなわが表情を読んでか、〈さぁ、きましたね〉と、起床してまもない律子はクスクス笑う。〈たしかに要求はありましたよ。でもね、西田さんはそういうことにとても淡泊でした〉。二人はアジトの二室にべつべつに寝ていた。〈入っていいいか〉。西田は入ってきた。〈性は重要人物への義務、それまでのことです〉。大きな手をぴしゃりと押さえるように律子は追憶するのだ。律子も当時、進歩的な女たちが手にしたコロンタインの『赤い戀』を読んでいた。コロンタインは旧ソ連の女性解放運動家だ。一九二三（大正12）年に刊行され、女性革命家の恋愛を描いた翻訳書は、日本でも大きな反響をよんだ。〈試験的な結婚がうまくゆかなければ別れればよい。性が介在してもそれに束縛されることはない〉と、律子はコロンタインの性と愛を切りはなした思想に共鳴していた。〈あたしは、一夫一婦制を否定してます。不倫、不倫なんて、騒ぐのはおかしい〉とも、老女は大胆発言を放つのだった。

アジトの生活は〈ままごとみたいでした〉とも、律子は回想する。その生活費はいったいどこから出ていたのだろう。〈自分で負担していた〉という。実家から福岡へは洋裁学校入学を口実に出てきたが、一か月で退学する。実家からもちだしたお金と両親からつづいている仕送りとが生活費にあてられた。わたしは、牛島が死ぬまで電話で話していた。〈生活費は党から出ていたんでしょ〉。牛島は、律子の負担とはとんと気づかずこの世を去った。さきに書いた、とつぜん律子をたずねてきた二人の男性は、〈党の財政がいかに困難をきわめているか、しつこく訴えた〉という。その雄弁にほだされて、律子は実家の帳場から八百円を盗って直接〈党の重要人物（西田）〉に手渡してもいる。三百円で一軒屋が建つ時代のことだ。大金は酒を仕入れるための資金であった。その紛失に両親は困惑する。のちに父親は〈おまえが正しいと思ってやったことだ〉と許し、母親は〈つらかってんよ〉とうちあけた。この大金についても牛島は知らなかった。酒屋の娘はお金が出せると、党は踏んだのだ。そのうえで律子をハウスキーパーに見込んだ、ともいえる。律子は〈党員とみなされていたものの、届け出はしていなかった〉。〈党は絶対〉。党員たちは、党を無びゅうな存在と思いこんでいた。正式な党員ではない律子にも、党の命令に従わざるをえない原則がしみこんでいたのだ。

# 律子の生い立ち

律子は小学四年のころから酒をたしなんでいた。八幡の東区にある実家は大きな酒屋で、卸しと小売りをしていた。番頭や小僧が盆暮れに帰省すると、律子も店番をした。いやな手伝いだが、〈自分はなよなよしたお嬢さんではなかった〉。父が他店よりも安売りするので、夕ぐれどきには、地元の八幡製鉄所の工員など、量り売りをもとめる客が列をつくった。当時の酒は、防腐剤が添加してないので粘りけがあり、おいしかった。口にふくむとプチュと粘りけがはぜる。〈いまどきのお酒は水です〉と、律子はけなす。無添加の酒は一か月しかもたず、酒だるの口を開けると、ぷーんとにおってくる。〈こりゃいかん〉。律子はすぐに母へ知らせる。あわてて母は、酒を大釜にあけて加熱する。そのタイミングをはずすと、たるごと酒を捨てねばならない。〈やれやれ、もうかった〉。母は胸をなでおろす。こんな母を、大酒のみで博打で遊ぶ、金づかいのあらい父は、よく泣かせたものだ。父の帰宅がおそいと、母は律子を置屋に走らせる。父の履き物を見つけてから父を呼んでもらう。祖父は、出身地の四国から岡山県にやってきて、当地で蔵二戸を建てるまでに財をなしたのに、貿易業にたずさわる父が、その財のすべてを失くしてしまう。以来父は満州から朝鮮を放浪し、福岡に流れつき炭鉱の人足（荷物の運搬などの力仕事にたずさわる労働者）をしていた。

このような成育環境から察するに、活発な律子は、商人の娘として、年齢よりもませた現実感覚と生活能力とを身につけてきた人のようだ。兄が一人いた。〈黙ってろ〉と抑えつけ、妹は男女差別を実感する。就学前から八幡製鉄所の図書室にかよい、恋愛小説を理解できないまま読んだり、田山花袋などの小説に親しみ〈生きるとは何ぞや〉と考えたりした。文学少女は、意識のめざめも早かったようだ。一九二九（昭和４）年三月、律子は八幡高女を卒業している。さらに奈良高等師範に進学したいと願うが、両親の反対でしかたなく和裁を習得する。製鉄所のある八幡は、鉄鋼や炭鉱にたずさわる労働者の街だ。一九二〇（大正９）年に八幡製鉄の大争議があり、それ以降にも多くの争議が行なわれ、当地はプロレタリア解放運動が盛んであった。律子は女学校のころから文学サークルに近づき活躍していた。理屈っぽくて弁がたつ。運動の戦列にもくわわり、九州大学の教員や学生からカンパを募ったり、街頭レポをしたりしていた。

このように律子本人から話をきけば、当時のハウスキーパーがどんなものであったか、その実態のアウトラインはつかめてくる。律子は追想しつつ〈いまあなたに話してることが、自分の本音です〉という。わたしには、〈本音〉をいやに強調しているようにきこえた。〈本音〉から漏れるものがあるのかもしれない。律子の当時の心情を証言するのは牛島だ。土筆社にもちこみ没になった原稿を、わたしは牛島から借用している。引用の許可もとっている。牛島は福岡市の分譲マンションに独りで住んでいた。

## 律子の本心の願い

西田のアジトをたずねると、律子はきょくたんに無口になり顔つきも冴えない。律子と小山と牛島はアジトで歌をうたったり、冗談を言いあったり、女学生の延長のように無邪気にふるまっていた。牛島は、律子の急な変わりようにビックリする。「あたい彼とまぁ夫婦みたいに暮らしてるんや」。ある日、律子は問わず語りにつぶやく。小山がバスの車掌になりアジトを出ていったその夜のこと。「いいか」、西田が律子の部屋のふすまを開けて入ってきた。「向こうがその気なら、こっちも適当に楽しんでやれと思ってね。あたいはセックスにはわりと自由な考え方なんや。相手がそのつもりなら、こっちも享楽してやれ、とね」。西田に「静かな雰囲気をもつ書斎人のイメージ」をいだいてきた牛島には、律子の告白はショックであった。セックスが男女の合意ならよいだろうが、愛情は介在しない。ハウスキーパーって何なのだろう。牛島は疑問をいだく。「女性同志を利用するとしたら、ひとつの差別だ。運動を退廃させることにならないか」。小山も戦後にこの事実を知って、尊敬していた西田がハウスキーパーとの関係を安易に考えていたことに失望するのだった。他日、律子はこうもつぶやく。「あたいは大衆の中に入って活動したい」。律子はハウスキーパーの部署に不満なのだ。そう推察しつつ牛島は、ハウスキーパーの要請が自分になかったことをありがたいと考えるのだ。律子が「淋しそうに片頬にえみを浮かべるのを見る」と、牛島は「何かうしろめたくすこしばかりつらくなる」。そのうち律子は、牛島こそ西田のハウスキーパーにふさわしいと言いだす。〈坂本（西田）さんのこと、好きだわ〉と、牛島は言っていた。書記局の仕事をしていた牛島は、西田から〈月給〉を受けていた。西田の手配した下宿に九大をめざす受験生として住み、大家には西田のめいと伝えていた。一日中すわって、西田から渡されたビラ、アジ文、小パンフレットの原稿を整理して謄写版用の原紙をきる。〈西田の原稿に手をくわえることもあった〉と、牛島はわたしに話した。そうした仕事を西田のアジトですれば連絡も能率的になるだろう。しかしハウスキーパーもするなぞ、いやだ。「そんなことは出来ない」。律子にうしろめたさを感じるものの、自分がハウスキーパーをしなくてすんでいることに安どするのだ。牛島は晩年に〈ハウスキーパー制度は、女性党員への最もひどい扱いかたでした〉と、電話でよく憤慨したものだ。プロレタリア解放運動にくわわった律子たちは、世間の女性の生きるコースから外れていた。女学校で良妻賢母の教育をうけ、花嫁修業をして他家に嫁ぐ、というのが定番であった。両親は工場に勤めることを許さない。しかし、未知の世界を知りたい、冒険したいという気持ちが、内面からフツフツわいてくる。女性の進学とおなじように、それも知的向上心の現れにほかならない。抑圧してくる因習や習俗から自身を解き放ちたい。家を出て自己実現をしたい。女性たちの欲求はいつの時代にも共通してあるものだ。牛島の安どの気持ちも率直だし、律子の開き直りも認めざるをえない。おんな活動家には、ハウスキーパーの部署しか与えられない左翼運動の実態が浮上しているではないか。牛島のようにお金の入る事務の仕事は少なく、工場に勤めて大衆と接触して組織をつくることが、おんなたちに可能な戦術だったのだ。が、彼女たちは次なる展望をどのように思い描いていたのだろう。

## 二・一一事件後の逃避行

九州全県の一斉検挙に、律子は検挙されていない。九州地方協議会の労働組合部長で、西田を補佐していた笹倉栄という同志と逃げるのだ。笹倉は西田を警察に売ったと仲間うちでいわれる〈スパイ〉なのだが、その男と律子は夫婦になるのだった。平野謙はさきにあげた著書のなかでその経緯を考察している。「やりきれない暗い印象」をうける、と。さらに「数ヶ月のあいだ起居をともにしているうちに、西田信春の党員としての人間としてのよき影響を、そのハウスキーパアはいささかも受けなかっただろうか」とも。律子の証言によれが、西田との同居は〈二、三か月〉のこと。男は女によい影響を与えるものだろうか。西田は彼女たちに何をもたらしたというのだろう。寒いのに足袋を履いていなければ買いあたえる。コートを着ていなければ買いあたえる。西田自身も身だしなみがよくインテリ然としていた。律子からまきあげたお金でプレゼントしていたのだ。〈あんたは労働者の現実を知らんだろ〉。労働者に面とむかって抗議されても西田は返せない。父親へ手紙を書いても〈哀れなる労働者のためにたたかう〉

という。そんな西田だ、おんなたちに何が感化できるか。「若い女性が、スパイと目される人間からついに離れられなかったという事実は、理論や倫理にもまして性の力が強かったことを傍証している」とも、平野謙はいう。共産党は多喜二、野呂栄太郎、岩田をしのぶ大集会は計画しても、西田については機関紙「赤旗」も、ひとことも書かない。党のご都合主義で評価が変動する。平野謙は軽視される西田をもちあげても、ハウスキーパーの北村のことは検証しない。

さて、一斉検挙がはじまった二月十一日の夜、検挙を逃れた男三人と女三人が会した。ペアになって、ともかく逃げよう。小山と山崎明治朗。牛島と金子政喜。律子は笹倉栄と組むのだ。栄とは初対面であった。街中に潜んでいるとき、牛島は律子と会っている。〈律子は顔中に笑いを浮かべながら近づいてきた。アジトで黙々と縫い物をしていた律子さんとはまるで違って、笹倉のことばかり話していた〉。律子にとって笹倉は好みのタイプであったのか。まゆげが濃く、目が大きい。四角いあご。小柄だが体格はがっしりしている。きっすいの労働者だ。短くて太い手の毛穴が黒くよごれている。西田にはない笹倉の精かんさに、律子は惹かれたのかもしれない。この男がのちに同志からスパイ呼ばわりされるなぞ、そのとき律子は思いもしなかっただろう。

律子と笹倉の逃避行は、二週間ほど滞在した福岡から小倉へ。親からのお金は底をつき帯や指輪を質屋にもっていく。女給もした。笹倉は働かない。〈苦しかったです。海べに行って、海藻をひろってきて食べたこともありました〉。生活苦と闘病の連続であったと、律子は回想する。

しかし、好きな人との逃避行だ。みずから笹倉を選んだのだから、逃げてはならない。男女の逃避行は、オウム事件のさなかにもあった。一九九七（平成9）年二月二十二日付の朝日新聞を見ると、一年半の逃亡後に捕まった信者の大洞英子が、東京地裁の初公判で、犯行の動機を「林さんと一緒にいたかった」と述べている。大洞は、特別手配人の林泰男が地下鉄サリン事件に関与していたことは知っていた。マンションに住み夫婦者をよそおい、大洞は手内職で生活費をかせぐ。祇園のバーで働いてもいた。好きな男とのつながりを一日でも延長させたい女の心理は、律子のそれに通じるかもしれない。

一九三六（昭和11）年、律子と笹倉は神戸港から客船で東京へむかう。蒲田に住む笹倉のかつての仕事仲間のもとに転がりこんで食いつなぐ。笹倉は町工場ではたらく。律子はベビー服の作り方を習得する。まもなく笹倉の軍需工場、中島飛行機への転職にともない西荻窪へ。そこにある日とつぜん、小山がたずねてきた。律子はビックリ仰天した。〈笹倉は同志を売ったスパイだ〉と告げられるのだった。律子は追憶してわたしにこう話した。〈私はあんたを連れもどしに来たのだとヘンなことといわれても、自分は別れるつもりはなかったですもの。主人の性格からいってもスパイなんてできない。見てればわかります。主人をスパイというからにはその証拠を示してほしい。人間関係はどこでどう結びついているか、わからないのに。逃亡中の笹倉は、人の気配を察するとサッと屋根づたいに逃げた。そのときの敏しょうさったらなかった。神経の張りつめようからして、スパイではなかった。スパイなら逃げはしない。一時間ほどすると笹倉は帰ってきた。訪問者はまったく関係のない人でした〉。このとき律子は妊娠していないが、翌年に出産する。もはや、律子と笹倉は運命共同体なのだ。友人がどんなに忠告しようが。しかし、律子が悩まないわけはない。ふか酒を独りあおったかもしれぬ。同志が刑を終えてぼつぼつ帰ってくると、西田の消息が伝わる。地方協議会の準備段階から西田の側近で、発足後は労働部長だった笹倉がスパイだと、彼らの間にひろまる。さっそく親友の小山は上京し忠告したわけだ。律子を連れもどせず元同志から手ぬるいと突きあげられたという。

律子にとってハウスキーパーをした事実よりも、夫が元同志からスパイ呼ばわりされたことのほうが、ふかく傷ついたであろう。律子にはどんな生活形態にも耐えうるたくましさと柔軟さがあった。〈スパイなぞ迷惑です。墓場にもっていくこともあります〉。律子が強い口調でいったのが、いまもわが心に残っている。

人はなぜ、スパイになるのだろう。警察の残忍な拷問による苦しさのあまり、自分を売る。そんなもろさを人はもっている。笹倉は那珂川の水面に何度も首を突っこまれた。警察はその人の資性を見抜いてスパイにさせる。笹倉は小学校を卒業すると旋盤工になった。古賀製鉄所争議には職工としてくわわる。農民争議にも積極的であった。一九三〇（昭和５）年に検挙されたとき、スパイになったのだろうと、牛島は書く。その後、仲間が捕まっても彼は捕まらない。同志は猜疑心をいだいてきた。笹倉を慕っていた山崎から、まず笹倉スパイ説が流れたという。〈社会主義は体制としては賛成だけど、操作する人の間でミスが生じる。共産党員の人間性にも嫌気がさした。いま理想とするのは法華経の世界です。宇宙です〉。律子は創価学会の初代会長の全集を読んで〈ああこれだ、自分の求めていたものは〉と気づく。しかし学会も公明党もいやだ。弁当欲しさに集まってくる選挙民の意識は低い。男性幹部が〈女だてらに〉自分の意見を述べる律子をにらみつけ、しつこい意地悪をしてくるのも、なお不愉快だと、律子はわたしの取材にたいして、こう締めくくるのだった。

## おんな同志たち——牛島春子、小山梅香、武田千代

小山（前田）梅香は、律子の八幡高女時代の同級生だ。実家は床屋（理髪店）で、幼いころ母親をなくす。小山が店番をすると、美人めあてに散髪しにきた客もいた。貧乏暮らしのなかで鍛えられ実践的であった。文学サークルで律子と親しくなる。家を出て筑豊炭田で女給をする。そこで失恋したようだ。福岡へ移って律子と合流する。律子の母親が娘のためにそろえた和装一式の塩前の帯をほしがった。西田が〈自分のものはひとにあげてはいけない〉とたしなめる。西田のアジトでは律子の妹を装って同居していた。西田は「大学教授みたいに見えた」と、小山は回想する。市内循環バスの車掌になってアジトを出た。二・一一事件で捕まり、出所後の一九三九（昭和14）年、前田俊彦と結婚する。前田も治安維持法違反で捕まり懲役七年の実刑をうけ保釈されていた。四子をもうけるが離婚する。前田は「自分で飲む酒を自分で造ってなぜ

悪い」と、タンカを切ったことで知られる。成田空港反対闘争で三里塚に住みながら無免許でどぶろく（雑酒）を造って起訴された。ミニコミ個人誌「瓢鰻亭通信」の発行人でもある。

小山は一九三七（昭和12）年、律子を同志たちからスパイを疑われる笹倉から離そうと、上京する。それから四十年後ふたたび、浜松に律子を訪ねている。〈友情が厚いせいか、小山梅香は律子のことが客観化できない〉と、牛島はいう。だから牛島が笹倉スパイ説を執拗に追及するのを〈あんたたち、いつまでそんなことしてるの〉と怒った。わたしは、福岡の市営住宅に住まう小山に電話をかけたが、体よくことわられ話はきけなかった。思うに、小山もひどい拷問に遭っていて、権力に虐げられた笹倉の立場を理解していたのではないか。警察は小山を西田のハウスキーパーの律子とまちがえたらしく、ひどい拷問をした。逆さまに吊るしあげたり性器にたばこの火を入れたりした。〈異常性欲による拷問〉の屈辱体験を、小山は律子に冷静に話している。同志のなかで律子だけが『西田信春書簡・追憶』（１９７０・10　土筆社）に寄稿できないのを、小山はくやしがっていたという。

武田（金子）千代は、わたしが訪ねたとき、七十歳代の後半であった。住居の三階建て新築ビルは、木造家屋がならぶ界隈でひときわ目立った。一階が燃料店で二階が住まいだ。三階には息子が住んでいる。ひろいフロアの一隅にしつらえた応接間は書斎をかねている。ガラス戸棚には、新日本出版社の『プロレタリア文学全集』がそろう。無造作に置かれた段ボール箱のなかにも全集本がぎっしり。現在も党員なのかもしれない。大きなボアのスリッパを引きずりながら、小柄でやせた武田が入ってくる。〈一生懸命にやってきたけど何にもならなかった〉と、しんみりした口調で話す。やわらかい笑みが哀しげであった。

武田は一九三二（昭和7）年、久留米高女を卒業し東京女子大予科に入学する。卒業生二百人のなかで進学するのは二、三人。実家は質屋を営んでいた。小説家志望の武田は、プロレタリア文学を女学校時代から読んでいた。労働者の解放運動に関心があり、〈働く人の生活をよくしよう〉と願っていた。予科の一学期に早くも学生寮を退き、社会主義研究会に参加する。この事実が父親に知れて、武田は実家に連れもどされるのである。全協に加入して啓蒙運動に挺身していた金子政喜と知りあう。女学校で同級だった牛島とも。そこへ西田が訪れるのだった。〈文学少女の自分は生活苦も労働の経験もないので、負い目を感じている。どこか工場にもぐり身をもって労働のつらさを体験し、組織運動をやっていきたい〉と、武田は西田のハウスキーパーの要求をことわるのだ。三三（昭和8）年、武田は一時、金子のハウスキーパーを務めている。「アニキはあたしを女と思うとるじゃろうか」と、武田は牛島に語ったという。一つ部屋に寝床をならべても何事も起こらない。たがいに好いているのに。しかし、金子はいうのだ、自分は肉体の欲望は制御できる。いま自分たちは非合法活動をしているから通常でない状況のなかにある。男はなんでもないが、女の方はその後の心身に負うものは、個人的にも社会的にも重いものとなるだろう、と。

武田は鐘紡の就職がきまり寮に入る。二月十一日は、祭日で仕事がオフなので、同僚たちをさそい全協の街頭オルグの中本たか子の家に行く。中本は鐘紡から五百メートル先の小さな借家に独りで住んでいた。東京亀戸の労働者街にいたときのように、大衆と交流したい、組織をもちたい、生きてゆくためにたたかいたい、と、そんな願いをいだいて福岡にやってきた。武田は西田をとおして中本と知りあう。恩師の家に行こうと女工たちを連れだし、中本の家で彼女たちを啓蒙するのだ。中本はよく、別れた岩尾のことをのろけた。〈中本さんはオルガナイザーとしての指導力はあったけど、頑固でつきあいにくかった〉と、武田はわたしに話す。二人は相談しながらビラをつくる。〈会社は女工たちに魚を食わせろ〉と、過激なキャッチコピーを入れて。ビラは深夜の十二時をまわるころ、便所や作業機械場や脱衣場に置いておく。翌朝、同僚たちがビラをよんだ気配が伝わる。食膳にイワシがのぼる。野菜の煮つけと麦飯とたくわん二切れの食膳にイワシが添えられて、ビラの効果はあった。〈もう一年あれば女工たちの組織化はできたのに。くやしい〉と、武田はいう。中本の借家の前に警察が張りこんでいて、武田は捕まる。二十日後に中本が捕まる。中本は保釈中なので東京に連行された。武田は懲役二年、執行猶予三年の判決を受けるけれど、未拘束であった。取り調べをした特高と結婚。〈やむにやまれぬ結婚であった〉と、武田はふりかえる。夫は警察署を辞めて満州へわたり皇軍に身をおく。二子をもうけたが夫は他界する。武田は内地にもどり、刑期を終えて出所した金子と再婚する。その間に二子ができる。なお、さきに捕まった武田が中本を警察に売ったのだ、と告げた人が、わたしの取材したなかにいた。

笹倉がスパイだとは確信するが、そのうえで本当のことが知りたいと、牛島春子はいう。さきに紹介した原稿は、そのつよい願望が執筆の動機になっている。活動家の笹倉に多額のカンパをした医学部生がいた。いまは病院長になって牛島に話す。〈自分が留置中に特高主任から笹倉のスパイ説をきいた〉。また、元検事も証言したという。笹倉が労働者でありながらスパイ行為を働かねばならなかった苦しい事情を打ち明け、敵に売り渡した多くの同志にいまは心からすまないと思っていることを真摯な心で告白する、そんな場面を牛島は空想するのであった。

〈謡曲や筑前びわをたしなみ、気位が高いばかりでねぇ、変な両親でした〉と、牛島は追憶する。父親は衣料品店を営んでいたが、商売気がなくて貧乏していた。働くばかりでその背中に訴えかけてもどうにもならない。〈相談する人がいない〉。共産党の活動家に近づき、牛島は悩みの解決の糸口を見いだす。オウム事件で信者たちが教祖の麻原彰晃に惹かれて入信した。その報道番組をテレビで見ながら牛島は〈他人事ではない〉と思う。〈でもわたしたちは、人は殺さなかったわよ。いのちあっての革命ですもの〉。九大出身の教師に啓発され、また大正デモクラシーの影響もあって、牛島は自由を求めたという。洋画を描く。九大生の兄も左翼運動に近づいていた。兄の友人たちとの論争も牛島の希求をかきたてた。〈労働者が解放されれば、おのずと女も解放される〉。久留米の全協に所属した。一九三一（昭和6）年には、日本足袋の女工になり地下足袋や白足袋をつくる。同僚の女工四人を連れてくれれば、組合が発足できる。幹部の誘いで小学校の級友の女工を連れていく。彼女たちはみな生家が貧しい。その失業に責任を感じて牛島は心を痛めたとも話した。一九三二（昭和7）年なかば、両親へ〈元気で暮らしてゆくから捜さないでください〉と、置き手紙をして牛島は福岡へ出る。玄界灘につづく冬の博多湾は荒れていた。灰色の海をぼんやり見つめながらしばらく放心していた。そして自問自答するのだった。〈人間らしく生きるとはどういうことだろう。真理をめざして生きることが自分の望みだ〉と。西田の推薦で、牛島は共産党に入党する。西田は、党員として自分を鍛えるよう激励した。牛島にとって党は「遥か高みにある」「及びがたいような理想像でもあった」。入党は誇らしく「ヒロイックな」気持ちにさせ、熱い心棒がからだの真ん中をつらぬくのを感じた。西田と街頭連絡をする。福岡城址のひろい道をはいり小道を歩いていくと向こうからやってくる。すれちがいざま、いつどこで会う、と連絡を交わす。牛島はさらに、西田のきめた下宿で事務の仕事をした。月給三十円。「もっとも秘密を要する仕事だから、重要なポスト」であった。

一九三三（昭和8）年三月、二月十一日の一斉検挙からは逃れていた牛島は、警察に捕まる。朝がた八百屋に行きモヤシを買うと、警察官が近づいてきた。この前日に笹倉がたずねてきた。福岡署では、目の前に、九州地方委員会から末端の各地区の細胞にいたるまで記載された共産党の秘密組織図がひろげられる。「事務」のところに自分、牛島の名前があった。警察は党員たちの所在を問い詰めてくる。白状しなければ、その拷問はすさまじかった。からだじゅうを竹刀（しない）で打ったり柔道の技をかけるように投げ飛ばしたりする。ひっくり返った牛島の下半身を踏みつける。両側から靴のかかとでかわるがわる太ももをけりあげる。「まるで拷問係りは楽しんでいるように」見えたと、牛島は書いている。猛烈な痛さに涙がぽろぽろとこぼれる。懲役二年、執行猶予五年の判決がくだる。べつの警察署へ押送のさい、庶民のおだやかそうな生活の光景が目にとびこんできた。六か月を過ごした未決刑務所ののぞき窓からは、新しい景色が目に映った。季節の推移や自然の恵みをしみじみと思う。女囚たちと会話するにつけ〈マルクスの理論にだけ傾倒したので、まったくの世間知らずだった〉自分が省みられるのであった。その年の十一月なかば、牛島は保釈される。自分は逮捕されて〈自己完結した〉という。〈革命運動はわが青春のいっときであった〉とも。三六（昭和11）年、学生運動をしていた男性と結婚し、「気持ちの上ではほとんど日本を逃亡するようにして旧満州にわたった」。ここで小説「祝という男」を書く。

一九四六（昭和21）年夏、満州から引き揚げる。新日本文学会に所属し、寄稿する。五七（昭和32）年ころ、「赤旗」に「西田信春について」という囲み記事がのり、はじめて、あの〈坂本さん〉は西田信春だと知った。長いこと行方不明だった西田にかんする調査がはじまっていた。西田が虐殺されたとわかり、牛島は国家権力へ激しい憤りを覚えるのであった。西田はなぜ死んだのか。死因の真相に近づきたい。牛島は関係先を歩いては精力的に調べる。西田は二月十日の昼、西鉄久留米駅前の広場で警察官二十人と格闘したすえ捕まったという証言をえた。九大法医学教室におもむき、保存される過去の死体解剖の鑑定記録を閲覧すると、一九三三（昭和8）年二月十一日付の記録が一点あった。その遺体は「氏名不詳」で「病死」によるものだが、この記録には「死体図」が付いていない。「氏名不詳」はおかしいと牛島はいう。西田は四・一六事件の被告で、本名も指紋も東京の警察に照合すれば判明した。「権力側は西田と知りつつ、故意に、自分らが殺した西田信春を氏名不詳のまま葬ったことになる」と。この西田のものと思われる「死体検案書」によれば、死亡推定時刻は十一日午前二時前後。遺体解剖はその日の午後四時三十分に行なわれた。遺体は十四、五時間放置されていた。牛島はさらに記録の全文を写した。拷問は殴る、蹴る、刺す、突くと全身にわたって、しかも長時間継続してやられたにちがいない。全身におよぶ拷問は直接死にはつながらない。警察は心臓肥大の既往症による「病死」としたがるが、西田の死は〈福岡署の特高の過酷な拷問の結果であるのはいうまでもない〉と、牛島は確信するのであった。

遺骨は顕乗寺うらての庭にもうけた共同納骨堂に納められた。三十数年もだれも知らないいまだった。戦後になっても息子は帰ってこない。両親は待ちわびたという。もしやロシアに行っているのではないか。世の中が変わったから帰ってきてもよさそうなものを、と西田の母親は嘆いていたそうだ。

## 伊藤ふじ子の献身——愛の証し

ブハーリンの『唯物論』を読んで〈天地がひっくりかえらんばかりのショックをうけた〉と話す小坂多喜子は、一九三〇（昭和5）年、岡山商業学校を卒業して神戸の銀行につとめたが、社会運動家でのちに政治家の神近市子をたよって上京する。神近の紹介で戦旗社出版部につとめ、そこで小林多喜二を知るのだった。〈彼はやせていて顔色が悪かった。結婚の対象にはまったく考えられなかった。多喜二は名誉欲のつよい人でした〉という。小坂は「戦旗」の編集責任者、上野壮夫のもとへおしかけて結婚にこぎつけたことは、さきに述べたとおりだ。〈子どもを産むのは女の特権でしょ。で、結婚したわよ。母親がいない。父親はよく浮気する。祖母とのさびしい生活は耐えられなかった。子どもがほしかった。家庭がほしかったのです〉。三三（昭和8）年二月の、多喜二の通夜には夫婦で参列した。〈心の中では、すでに転向をきめていた〉。そのときの光景を小坂は、「小林多喜二と私」（1973・4「文芸復興」）のなかに書いている。

「全く突如と、長い袂の和服姿の女性が現れた。グレイっぽい節織の防寒コートを着たその面長な若い女性は、いきなり多喜二の枕元に座りこむと、その手を両手に取って、自分の頰にもってゆき、人目もはばからず愛撫し始めた。髪や顔、拷問のあとなど、せわしく撫でさすり、頰を押しつけ、それはいとしくてならないという様子であった」。節織とは、ぼこっと上に繊維がでている織物のこと。多喜二の遺体は、自宅八畳間によこたわっていた。その周りを同志たちが囲んでいる。そこに慌ただしく伊藤ふじ子がかけこんできた。いきなりの動作に小坂は〈あっ、愛人だな〉と察する。さっと、ふじ子は姿を消した。いれちがいに田口タキが妹と訪れたことは藤川夏子が証言する。あのころとちがう和装姿にふじ子とは気づかなかったが、小坂は、ふじ子とは前々（昭和６）年に会っていた。洋裁教室から吉祥寺の自宅へ帰る夜道を、棒をふりながら歩く。〈気の強い人だなあ〉と小坂は思う。

小坂の作品を読んで平野謙は書く。「伊藤ふじ子を眺める眼に、殺された同志の妻のとりみだした姿というより、もうすこし場ちがいなヨソモノをみるような冷たさを感ずる」「そこにハウスキーパア一般に対する昭和七・八年ころの世間の眼のようなものが感得される」と。ふじ子の振る舞いは、同志であっても世間の人であっても、そら恐ろしくて、とても異様ではないか。世間の常識を外れている。通夜の席でとっぴな振る舞いをする、こんな女性は現代だっていないはずだ。それだけに、この一事がふじ子という人物を鮮やかに照らし出していないだろうか。女優志願の人とはいえ、こんな行為にでるふじ子は、すごい人物だ。情熱の塊かもしれない。自分からすすんで、明日のわが身もしれぬ非合法下の多喜二に献身する。党の命令ではなく自発的に、ということであれば、それなりの覚悟があったにちがいない。一九一一（明治44）年、ふじ子は、山梨県韮崎市に父親が土建業の三女として生まれる。甲府第一高女を卒業した二八（昭和３）年に上京。日本プロレタリア劇場に所属し、多喜二とは三一（昭和６）年に出会っている。

ノンフィクション作家の澤地久枝はいう。「伊藤ふじ子は二十歳になって間もない。その若い人生で、すでに傷つきながら『前衛』を信じてついてきた娘は、はじめて悔いることも惧れることもない相手に出会い、選ばれた人間の喜びこそ感じても、ためらいや不安はなかったと思われる」(「小林多喜二への愛」1981・12「文藝春秋」)と。当時、ふじ子は多喜二のハウスキーパーではないか。仲間うちではそんなうわさが交わされていたみたいだ。しかしふじ子にとっては、彼との関係は同志たちに認知されていない。それだけに、ふじ子が通夜の席にかけつけるや、自分から女房だと名のらずにいられなかったのだろうか。多喜二の母が死人に口なしだと応じた。澤地はそのように書いているが、はたして、そんなやりとりがあったものなのか。

澤地のふじ子への評価はすこぶる高い。「伊藤ふじ子は『笠原』のモデルであるよりむしろ『伊藤』のモデルだったのではないか」と、澤地は多喜二の「党生活者」について解読する。「伊藤」像にはリアリティーがあるが「笠原」像にはまったく存在感が希薄で、これは作家として形象化に失敗した結果だとまでこきおろす。そうだろうか。わたしには「笠原」像のほうが人間として実在感がある。ふじ子はそのどちらでもないと、わたしは思うのだ。では、実際の伊藤ふじ子はどんな女性であったのだろう。

台風二十八号到来という日、朝から大降りの雨が降っていた。電車を横浜駅で降りバスに乗りかえて取材地に到着した。鈴木(柴田)銀の家は、坂の上の行きどまりにあった。向こうにはゴルフ場がひろがっている。ときどき自宅の庭にゴルフボールが飛んでくると、銀はおかしそうに話す。借景がすばらしいと、わたしは思う。〈若いころ出会ったふじ子さんって、どんな人だったのですか〉〈そう、あまり背は高くなかったけど、歌手の和田アキ子のようでしたね。やせていたががっしりしていた。美人ではない。おしとやかな感じもなくて男っぽい感じ。リーダーシップがあり発言力があった。他人と接してここを押さえればこう役に立つとみぬく、利口者でしたよ。役立たずに思えば切り捨てていく〉。柴田家は、本郷で米屋を営んでいた。ぶらりと、洋裁仲間のふじ子が訪ねてきた。一九三二（昭和7）年から三五（昭和10）年までつづく。最後は男の子を連れていた。森熊猛と結婚したと明かす。柴田家でごちそうになったことを、ふじ子はのちのちまで覚えていたという。銀は府立第一高女の出身で、同級生に加藤貞（女優の沢村貞子）がいた。鏑木清方に日本画を学ぶ。自分は〈シンパサイザーでした。思想的に自分を深めようとはしなかった〉という。ふじ子にとって、同年代の銀も柴田家もくつろげる存在だったのかもしれない。

中野で会合のあった帰り道でのこと。車内でふじ子がそわそわしだした。〈はやく帰んなくちゃ〉〈だれか好きな人と暮らしてるの〉〈うーん。あなたたちも知ってる人かもよ〉。ふじ子には大切にしようとする人がいるのだと、銀は察した。ふじ子は気持ちが抑えられず話したかったのだ。銀はハウスキーパーということばは知っていたが、ふじ子にそれとは尋ねていない。〈ふじ子には得意や光栄とするものがあったのでしょ。だから、男のほうがいい気になる〉と、銀は女の犠牲的な立場を思いやる。多喜二とふじ子が同棲をはじめて間もないころのことだ。

さらに、銀はこんな挿話を披露した。多喜二が虐殺された年五月のあたたかい日。〈多喜二のお母さんがかわいそうだった。遺体をさすりながら泣いていた〉と、ふじ子はいう。〈じゃ、伊藤さんが一緒にいたのは多喜二のことなの〉〈そうよ〉。銀はビックリする。多喜二の訃報は新聞で知っていた。その日、ふじ子はワンピースを着ていた。多喜二の夏物の着物をほどいて自分で仕立てたのだという。ふじ子は手先が器用だ。同棲は秘密であったが、多喜二は死んだ。ふじ子は恥ずかしがらずにザックバランに話しかけてきた。ふじ子のワンピースのまえにダーツが入っている。そのぬいあわせが女性器のあたりで終わっていて、そこで割れていることを、多喜二は冷やかした。〈アジトでは会話があり、二人の間柄はくだけたものであったろう〉と、銀は想像した。白地に黒のこまかいかすりのワンピースは、多喜二と同棲後すぐにつくったものだ。

鈴木銀に取材して数日後、わたしは千葉市の稲毛駅西口の喫茶店で、古賀（水島）光子と会った。記憶力のよい人であった。誠実な人でもあった。〈澤地さんの文章はきれいごとで、とおりいっぺんです〉と光子はいう。話をきいているうちにふじ子像がだんだん鮮明になっていく。光子は何回も〈いかがわしい、うすきみわるい、うすぎたない〉ということばを使った。昭和初期の左翼運動の大衆から浮きあがった活動家にたいする、光子の違和感を表明するもので、世間の眼を象徴するものなのかもしれない。光子の父親は、日本橋でクリーニング屋を営んでいた。十八歳のころ、封建的な家への反抗から家出する。そこが都内の左翼運動の渦中であった。

理論的にはちんぷんかんぷんで、ただ、非合法の雰囲気に好奇心をかきたてられたのだった。〈ふじ子とは親しくはなかったけど、電話で呼びだされて彼女の後をくっついて歩いたものです〉。ある日、光子はふじ子に東大赤門近くの借家に連れて行かれる。四畳半の間借りに三十代後半のインテリふうの男が住んでいた。〈おとなしい感じだがうすぎたない〉。エスペランティストだというふれこみであった。夜のこと。学習が目的ではない。いつの間にか、ふじ子がいなくなっていた。それに気づき光子も急いで帰る。〈ハウスキーパーとして連れて行かれたのですね。中年男は性に飢えてますもの〉。ツツモタセをたくらむふじ子は、性に恐れなぞない人だ。一九三二（昭和7）年初めころのこと。

光子の夫、古賀孝之は同人誌の作家だが、終生、書くという夢をもちつづけた。大学卒業後、小西六につとめる。同僚の高野治郎と待遇改善を求めて会社側とたたかう。解雇されるが退職金はでた。それを資本にコッテンという喫茶店を開業する。その内装を光子の兄が担当した。兄、政男は画家志望だが、東銀座裏のビルのなかに銀座図案社をかまえていた。そこにふじ子がつとめ下絵を描いたり雑用したりして稼いでいたが、ふじ子を政男がコッテンに連れてくる。古賀と政男は同級生だ。家出娘も行き所がなくて手伝っていた。〈まあちゃん〉〈みっちゃん〉と呼びあう。ふじ子は男性的でエロっぽかった。ここで女給はしていないが、衣装は平凡でない。黒っぽいものを着ていた。〈健康的でない、暗ぼったいカフェにでもつとめた経験があったのではないか〉と、光子は想像する。コッテンは、レコードをかけ流行歌をながして客にサービスしていたが、男たちが寝泊まりして党のアジトのようになる。二六新報社の記者がかぎつける。一九三一（昭和6）年から翌年までつづき解散した。

ふじ子は何回か水島家にきている。夜、銀を誘って。二人は光子からドレメ式の洋裁をおそわる。ふじ子の学習態度はまじめであったが、家人が〈いかがわしい〉と訪問に反対した。兄嫁も〈きたない人とつきあってはいけない〉と注意する。左翼運動は秘密主義であった。私的なことを話さない。ただ思想をいだいているその共通項で接していた。〈ふじ子は自分の役割に力を入れていたのだと思う〉。洋裁の学習を口実に近づき、水島の家を啓蒙の場所にしようとしたのではないか。〈利用できるものなら利用しようという大胆不敵がふじ子にはあった。普通の女の人と比べるといっぷう変わっていた〉と、光子はふりかえる。べつの日、品川、大崎の労働者街へいく。主婦たちに洋裁を教えることを名目に啓蒙しようとしたのだ。ある家に主婦が四人集まる。ふじ子は場慣れしていた。何回もこういうことをしてきたのだと、光子を思わせた。〈ふじ子は、このような文化的な仕事が多かったです。中途半端なところにいた。工場に入ってオルグをし、また組合を作るなど、政治犯ではなかった。そうだ、ふじ子は多喜二の本をまったく読んでいるふうでもなかったですね〉。光子は文学少女で、宮本百合子を中心とする文学の会に出席していた。ふじ子の行動には興味津々であったものの、運動に深入りするつもりはなかった。ふじ子をみる光子の眼は冷静だ。平野謙のいう「ヨソモノ」の眼かもしれない。

## 政治漫画家の妻になる

一九三五（昭和10）年の薄着のころだった。光子は、中野へいく途中の大通りで、ふじ子とばったり再会した。ふじ子は、まるまると太った生後三、四か月くらいの子どもを背負っていた。光子はすでに、ふじ子が多喜二のハウスキーパーだったことは知っていた。とっさに多喜二の子どもだと直感する。ふじ子が漫画家の森熊猛と結婚するのは三四（昭和9）年十月で、翌年一月には出産している。背中の子どもはその長男なのだ。〈サラリーマンのおくさんという格好でした〉と、光子は追想する。多喜二没後の三三（昭和8）年、森熊のほうからふじ子へ求婚した。「私は小林多喜二といっしょにいた女なの」「そんなこと、どうってことないじゃないか」。二人にはこんな対話が交わされ、その翌年には「泊めてくれない」と、ふじ子のほうが彼を訪ねている。

また七〇（昭和45）年五月、光子たちは、かつての仲間の消息が知りたくてふじ子と再会する。横浜駅西口のデパートの一隅で。銀も孝之もいっしょだ。光子は、ふじ子がむかしのように洋装で現れるかとわくわくして出かけたが、その日の彼女は〈有産階級の婦人の装いであったけど、幸せそうでした〉という。銀の目にも、ふじ子は主婦として幸せそうに見えた。その席で過去のことは話題にならなかった。ふじ子が〈いまごろになって私のことを知りたいという人が現れたのよ〉という。それはいかにもわずらわしいという表情であった。この時期、小坂のもとに、ふじ子をテレビ出演させたいと、小説家、平林彪吾の息子でテレビ朝日の報道局長から依頼があった。森熊の住所を探すと、彼は、夫の上野が名誉校長をつとめる、原宿にあるデザイナー学院の講師をしていた。しかし、ふじ子のテレビ出演は実現しなかった。田口タキとおなじようにふじ子もまた、過去を語らずこの世を去っている。漫画家の妻として四人の子の母として家庭を守りつつ、句作などにはげみ、七十歳で他界した。意欲を絶やさない人生だったことは、澤地の文章が伝えている。

手塚英孝の『小林多喜二』所収の年譜には、一九三二（昭和7）年四月下旬「伊藤ふじ子と結婚」とある。一年に満たない同棲だ。ふじ子はハウスキーパーではなかったか、わたしはそう考えている。多喜二は、上京から他界するまでの数年間、自分の活動状況に合わせた女性選びをしている。弾圧の激しい切迫した状況のもと、ふじ子はハウスキーパーとしてみるのがふさわしい。ふじ子は異性にも大胆で、世渡りにも長けていた。なによりも、運動下におけるおんな活動家の役割に敏感であった。ふじ子の自発性は非合法下の多喜二には、渡りに舟で、アジトにその存在は必要であったろう。多喜二は結婚を意図していたか。ただ、ふじ子が田舎から呼びよせた母親の存在をとおして、関係が結婚へと軌道修正されていくということはありえよう。戦後、ふじ子は多喜二の妻であったとする共産党と、ハウスキーパーであったとみる平野謙たち評論家との論争があった。ふじ子を妻と位置づけたがる共産党の政治的意図は、思うに、「ハウスキーパー制度」にたいする弁明ではないか。

## 木俣鈴子の沈黙――職場に復帰

〈ちょっとしたキャリアでしたよ〉。電話をかけると、こう応じたのは中村（木俣）郁子である。鎌倉に住みたくて居を構えること四十三年になるという。一九三二（昭和7）年十月の共産党事件で検挙され、「赤の三姉妹」とマス・コミに喧伝されたそのうちの末娘だ。キャリアウーマンとは、姉の木俣鈴子のこと。鈴子は八王子の介護付き老人ホーム聖パウロに入居していて、取材には応じられない状態のようだ。昭子も認知症を患っているようだ。鈴子は、リンチ共産党事件の現場に居合わせた。共産党の中央委員候補、秋笹政之輔のハウスキーパーであった。現場は二人のアジトである。凄惨な事件を目撃しているからか、鈴子は当時のことをいっさい語ろうとしない。静岡の女性史研究家、市原正恵が連絡をとったけれど実現しなかったという。東京朝日新聞を見れば、「赤の三姉妹」とは、二女の鈴子、三女の「照子」、「従妹」の郁子とある。姉妹の実家は「浜松市元目町」とある。そうと知ってわたしはすぐさま、手もとの『会員名簿』（浜松市立高等学校同窓会）をひらいてみた。浜松高女の卒業生のなかに三姉妹は存在した。鈴子、昭子、郁子。鈴子より六つ年長の貞子が、木俣家の長女になる。四姉妹とも同校の卒業生だ。鈴子は一九二四（大正13）年三月に卒業している。作家の鷹野つぎ、国文学者の河野多麻、作家、小川国夫の母、竹内まきなどの出身校だ。浜松高女は、浜松界隈では西園、誠心、淑徳をぬいて一番の女学校だったそうな。わたしは新制高校の卒業生である。なお、昭子はてること読み、郁子はおじの養女になっている。

『会員名簿』をたよりに姉妹の同級生にたずねてみた。彼女たちは、〈資産家のお嬢さんたち〉が昭和初期の左翼運動に参加していることは知っていた。しかし、三姉妹と交際している人はいない。〈あなた、オウムじゃないでしょうね〉と念を押してから、華道師範の山下ゆきえは〈同窓会は毎年、旅行を計画して親睦をはかってますが、昭子さんはきていません。背のたかい素敵な人でしたよ。共産党で悪いことしたわけじゃないのに、お気の毒ですね〉と、仲山きみも〈昭子さんは聡明できれいな人でした。話もしっかりしていて、むだなことは言わなかった〉という。〈鈴子さんは頭のよい優等生でした。わたしらよくできなかったから、そういう人とは付きあってなかった。だれともすぐうちとける人ではなかったはずですよ。頭がいいから左翼運動にかかわったのでしょうかね〉。〈友だちはだれもいなかったはずで上手でした。彼女のことを女学校の先生がそりゃひどくいったのをおぼえてます〉とは、女性史研究家の隅谷茂子の追想だ。リンチ共産党事件の新聞報道に鈴子の顔写真が載っている。とびきり美女ではないが明朗そうな人だ。同級生の思い出からは、孤独な人、というイメージも浮上してくる。

三姉妹の実家は、地場産業の綿布問屋だ。わたしは郁子に、姉妹どうしで触発されたのかと訊いてみた。郁子は、〈姉たちはそれぞれ何をしているかわからない。裁判があったかどうかも。

秋笹のこともきいていない。だから私は証人になれない〉とこたえた。姉が妹たちを運動に誘いこんだのではないのだ。しかし、三人はおなじ環境で育っている。綿布を素材にして女性服の製造販売を手がけるアップルハウス社長の高畑啓子が、こういった。〈綿布問屋はハンパじゃなかったはず。三人も赤の子どもをだした家には、それなりの事情があったでしょ。綿布の背後には何人もの手がくわわっている。ドロドロしたものは今もある。戦前はもっと濃厚だったと思うな。綿布は製造業者から直接わたしの会社にはとどかない。一貫作業ではなく、徹底した分業を支えるムラ社会が現在もつづいている〉。問屋も不当な利益をむさぼっていたのかもしれない。お嬢さんの恵まれた生活を提供されるいっぽうで、そんな環境から脱出したい衝動もあった、知的好奇心もあったかもしれない。両親や同族の経営にたいする反発も感じていたろうか。同族会社だから、鈴子が警察に検挙されて影響は大変だったろうと、親戚で同級生の木俣英子が話している。

三姉妹は高女卒業後、ともに進学している。鈴子と昭子は東京女子大へ。郁子は日本女子大へ。鈴子は、女子学連という組織を創設した、福永（是枝）操、渡辺（志賀）多恵子と東京女子大の同期生だ。同大の社会科学研究会には、鈴子はほとんど出席していない。同大哲学科を中退して一九三一(昭和6)年四月に岩波書店に勤める。そのころ渡辺が左翼運動にひきいれたという。そして、鈴子は党幹部、秋笹のハウスキーパーになるのであった。福永たちは日本女子大の清家（寺尾）としや西村桜東洋などと連絡をとり、ほかの女子専門学校の学生たちにも呼びかけ、女子学生運動をひろげていく。このメンバーの多くがのちにハウスキーパーにされた。福永は在学中に共産党に入党。一九二八（昭和3）年、東大新人会の指導者、是枝恭二と結婚。三・一五事件で検挙、起訴される。その後に、多くの女子学生や女子学生あがりの仲間がハウスキーパーになったことを知らされた。女子学連をハウスキーパーの提供プールに利用された、無念の思いが、福永をハウスキーパー問題にかりたてていたようだ。

郁子は『女性革命家たちの生涯』（広井暢子　1989・5　新日本出版社）の「苅田アサノ」の章に登場する。一九三一（昭和6）年「入学して間もなく、国文学部が主催する、長谷川如是閑氏の文芸評論を聴く会を苅田さんたちが企画された。講演が終って懇談に移った時、すくっと立ち上がって発言された時の苅田さんの印象が鮮かであった。とつとつとして語りながら雄弁であった。長谷川如是閑氏を学内に招き、講演を聴くことすら学校側に抵抗のあった時代である。その中で、自分の意見を言い切る苅田さんの批判精神にひかれた」。郁子はこのように回想する。講演会は、思想にめざめた大学生の左翼運動参加の窓口になっていたのだろうか。

〈いま私に言えることは、あれはツツモタセですよ。女の人権を認めないやりかたです。運動のひずみだった。それをなぜ共産党は認めないのか。一軒屋にすむということは、ひきこまれていくということです。その結果、妊娠した人もいますよ。私は女性指導者からハウスキーパーをやりなさいと命じられた。恋愛というプロセスをとおして一緒になるというのならともかく。私は敢然とことわりましたよ。上部の命令に反対することは辛いことだけれど、ききいれてもらえなければ、すぐ国へ帰りますともいった。戦列から離れてもいいから。りっぱでしょう！　それを大体の女性活動家は、唯々諾々とその役割をひきうけていた。なぜ、いま声をあげないのでしょう。でも、犠牲とは思いません。混乱期のことで、私は運動には批判的な立場をとっていた。信用できないから浜松に帰りました。だって、私が集めた資金を上部にわたすと、彼はワイシャツを新しいのに買いかえた。古いのは洗濯しておけ、ですものね。すきっ腹かかえて集めてきたのに。毎日、すうどんでしたよ。栄養不良になり何回も病気になりました。あの時期は、隠花植物みたいなものです。一枝の花です。もっといい男女関係がありますよ。若いのだから、いきいきとした普遍的な問題にとりくみなさい〉。強気発言の郁子は、姉の鈴子のような目には遭っていない。受けた傷は浅いのかもしれない。

市原が取材をとおして実感したことをわたしに話した。〈おんな活動家は自身の過去を話したがらず、会いたがらない。それにひきかえ、男活動家は自分の過去を大きく語ろうとする〉と。鈴子の沈黙の背後には、どれだけの自問自答があったろう。女性史研究家の牧瀬菊枝は『一九三〇年代を生きる』（1983・11　思想の科学社）のなかに、鈴子の姿をとらえている。「その人もわたしも原稿集めで、外歩きをしていた。出先の街頭で、その人の後姿を見たことがある。絹麻上布のひとえを着て、パラソルを傾けて歩いていた姿がいまもやき付いている」と。岩波書店での「仕事ぶりはきちんとしたもので、生活態度はストイックといえるものであった」とも、牧瀬は書く。鈴子は仕事と非合法活動を両立させていた。事件があった十二月にはすでに退社していて、『岩波書店五十年』によれば、一九三三(昭和8)年四月の退社だ。

鈴子は幡ヶ谷のアジトで何をしていたのだろう。査問された大泉兼蔵とそのハウスキーパー、熊沢光子の監視役である。アジトを下目黒へ移すまでの十六日間、ときどき、鈴子は二人のもとに食事をはこんでいる。一月十四日の夜、二人は自殺をきめて遺書を書く。秋笹と木島隆明が二人に「あゝしろ、かうしろと作り直させていた」と、見張りと監視の端役の林鐘楠が警察に自供している。林が自分も遺書をのぞこうとすると、鈴子は林の手を押さえて「便せんに指紋が残るから危い」と手袋をはめさせたという。さらに鈴子は、アジトの人声や物音が外にもれないように、障子にはたきをかけてカムフラージュした。「赤旗」の臨時号のガリ切りもしている。一月十五日、鈴子は、引っ越しの荷物を幡ヶ谷のアジトから運びだすところを警察に捕まった。同日、アジトの床下からリンチされて急死した小畑達夫の遺体が見つかる。

平野謙は「あるスパイの調書―リンチ事件と大泉兼蔵」(1977・4「文學界」)のなかでこう書いている。「大泉兼蔵は木俣鈴子のつくった出来そこないの朝飯を、咽喉をとおらなかったと、どこかで語っていた。おそらく米のめしなどたいたこともない都会育ちのインテリ女性らしい木俣のような女性は、大泉にはニガテだったにちがいない」と。平野謙の鈴子にかんする文章はこれだけだ。大泉が公判で陳述したものなのか。大泉は、下目黒のアジトで供された、福島の寺の出身者、横山みさほのたいた飯と比べている。

鈴子は執行猶予の判決をうけた。秋笹は懲役十年。獄中で精神に異常をきたし出獄し、ほどなく病死する。宮本顕治は無期懲役。リンチ事件にかかわった全員に殺人罪は適用されなかったのである。保釈で出所した鈴子が岩波書店に復職するのは、『岩波書店五十年』によれば、一九四四（昭和19）年のこと。世間を震撼させた事件にかかわった鈴子を、岩波茂雄社長はふたたび迎え入れた。秘書として待遇したその態度について牧瀬は書く。「ほんとうの自由主義者のそれであると思う」と。鈴子は岩波新書をスタート時から担当し、重役にまで昇進する。有能な編集者、出版人であったのだ。ここで同郷人の堀江正規と出会ったのだろうか。

## マルクス経済学者と結婚する

この事実を知ったのは、鈴子の同級生、太田（田畑）アキコへの取材からだった。〈戦後、木俣さんは出版社に勤めているとき、舞阪町弁天島の茗荷屋旅館の息子と結婚したときいていますよ〉。太田は早い段階で鈴子の左傾も知った。大学卒業後に朝日新聞社につとめた兄が代々木に住んでいたころ、近くに共産党グループの住居があり〈そのなかに木俣さんがいたよ〉と、妹に知らせてきたというのだ。こんなことも太田は話した。鈴子は入所中に父親に死なれ一時だされて葬儀に参列した、と。木俣英子はその姿を目撃している。木俣鈴子は、伊藤博文や清水次郎長が宿泊したという、海岸通りの旅館の息子と結婚していたのか。それを知ったとき、わたしはほっとしたような気持ちをいだいたのを覚えている。『会員名簿』を見ればたしかに「堀江鈴子」とあり、世田谷区に住んでいた。正規のおば、堀江きぬは鈴子の母校の先輩だ。きぬの息子の前田昭二は、芸能人の患者を診療することで有名な人である。

堀江正規は三重県に生まれるが、父、堀江耕造の故郷、浜松市で成長している。浜松北高卒業後に進学した立教大を、一九三〇（昭和5）年に共産党の機関紙活動で検挙され、中退する。読売新聞社、東京新聞社につとめ、退職後は経済学者にしてインテリオルグ。このオルグとは「学者研究者を党派的に組織化することと労働者を学習または知的接触を通じて活動家に育て党派に吸収すること」で、その両面で「第一級の能力と実績を示した」と、清水慎三が『現代日本朝日人物事典』に書いている。著書は『日本の労働者階級』が岩波書店から刊行されている。

すでに旅館は廃業していた。そこから嫁いだ、正規のいとこに電話で問い合わせる。七十七歳のとてもさばけた、頭のよさそうな人であった。いま思いだしても心がほかほかする。〈正規には妻がいた。婦人雑誌の記者をしていて会ったことがあります。あっさりした人だったのにねぇ。離婚した。それから正規とは会っていません。左寄りの人です。レッドパージに遭っていて、静岡大につとめていた父親は責任をとり教授を離職した。非常勤講師はしていましたけど。三人兄弟のなかでは、そう、正規はハンサムじゃなかった。弟たちのほうが美男でした〉。二男の堀江忠男は、一九三六（昭和11）年八月開催のベルリンオリンピックにサッカー選手として出場した。のちに早稲田大政経学部の教授をつとめている。

## 熊沢光子の自死――生者へのメッセージ

平野謙の「文学者らしい鋭い感覚」による検証を評価するのは、さきに登場した福永操である。「平野謙氏の『「リンチ共産党事件」の思い出』を読んだときに、何よりもうれしかったことは、それが、熊沢光子さんの悲劇をその中心観点として取りあげて下さったことでした」と、「熊沢光子さんのことなど」（『運動史研究３』１９７９・２　三一書房）のなかに書いている。たしかに平野謙は、おんな活動家のなかでは光子についていちばん熱っぽく論じている。とりわけ光子が「リンチ共産党事件の最も哀切で悲惨な犠牲者」という激しい思いが、平野謙にはあったからだ。がんの手術後一年の経過のなかで執筆した力作を、共産党の「ハウスキーパー制度」をやみがたい思いで批判する福永から評価されたわけである。死ななければ、平野謙は続編を書いたにちがいない。

光子は、共産党の中央委員で、小畑達夫とともにスパイ容疑で査問された大泉兼蔵のハウスキーパーである。一九一一（明治44）年、福井県に生まれる。父親は判事で、のちに弁護士をした。「謹厳実直な人」で、質素な暮らしに「勝ち気な」母はぐちをこぼしがちであったという。光子は、愛知第一高女を一九三一（昭和６）年に卒業して上京する。妹の熊沢勝子とともに共産青年同盟のオルグとなり、翌年には、党の中央家屋資金局技術部につとめる。大泉と出会ったのは、家出をしてふたたび上京した一九三三（昭和8）年三月のこと。党の財政部長の紹介だが、党から大泉の書類を整理する係をしてくれといわれる。四月には、大泉の推薦により入党。五月には同棲する。大泉は新潟県の農家の生まれで、妻子をいなかに残していた。八か月後、その年末に光子は大泉が警視庁スパイであることを知る。翌年一月、査問の監禁中に大泉が逃亡し、彼とともに光子も逮捕されるのだ。さらに翌年三月、光子は、市ヶ谷刑務所の独房で首つり自殺をはかる。二十四歳だった。光子のそのときの絶望のふかさを想像するのは、福永である。光子の隣房にいた。隣人は、いつもほとんど音もさせず看守へ口をきくこともなかった。これまでの留置場では一度も入浴できなかった。自殺する前に入浴してからだをきれいにしてから死にたい、刑務所に送られる日をどんなにか、待っていただろう、刑務所では厳重な監視のもとでどうすれば自殺を達成できるか、毎日考えぬいて冷静に実行したのであろうと、福永は推察している。

光子の遺骨は両親がひきとりにきたという。作家の山下智恵子が著した『幻の塔―ハウスキーパー熊沢光子の場合』（1985・11　BOC出版部）のなかにくわしい。遺品には家族の写真も数枚あった。獄中でいつも眺めていたものか、角がすれてけばだっていたと、光子の兄が証言する。また遺書もでてきた。半紙に墨できれいな文字で書かれていた。運動や思想的なことはなにも書いてなく、「可愛いM男ちゃんによろしく」と結ばれていたという。最期の遺書を平野謙が知ったら、どんな反応を示したろう。

じつは、平野謙が問題にしたべつの遺書が光子にはある。査問現場の見張り役、林鐘楠が警察に自供した。その記事「赤色リンチ余聞」（１９３４・１・18　朝日新聞）によれば、中央委員は大泉を殺すつもりでいた。十三日夜、「今晩は殺す準備も出来た」と木島隆明がいう。その二、三日前に林が大泉へ「もしこゝからお前が帰されたら何所へ行く」とたずねると、「おれは生きてはゐられぬから自殺する」とこたえた。そのやりとりを中央委員に報告すると「自殺するならそれもいゝ」今晩中に死ね、と大泉を責めた。「二、三日待ってくれ」というと、木島が「今日は二人一緒に話させてやれヨ」と応じた。光子の「手記」によると、アジトの押し入れのなかで大泉が「死ぬときぐらい一緒に死んでくれてもいいじゃないか」と、泣いて光子にたのんだ。そして翌十四日夜、二人は委員の面前で遺書を書くのだった。なお大泉は七十歳になり、「その場の生命力に対する僕の心境」が遺書を書かせたのだと告白している。死ぬつもりはなくて生きのびたいがために偽装したというのだ。前年十二月二十三日、党の再建のため相談しようと宮本顕治に誘われアジトに入るや、いきなり「オマエを査問するんだ」と脅かされる。殺意を感じた大泉は、側近の小畑をまず党に売り、さらに自殺を偽装した。光子はだまされたことになる。

「二十幾年いろ〳〵お父さまやお母さまに苦しい心配をおかけ申しお許し下さい、彼の罪は自分自身が政治的に低かつたことを指すものです、自分自身闘争から離れて一日だつて生きる価値を見出すことは出来ません、そして最後まで彼と行動を共にすることにしました、敵壊滅の悪意の凡ゆる種類のデマを覚悟して、私たちが出来得る党に対する最後の奉仕として公然たる死を選んでしかばねをプロレタリヤの前にさらしませう、一ヶ月以上も洗つたことのない体ですが、どうか御免下さい、どうか灰にして下さい」。欄外に「ぢき、も一度生れ変つて○○の決定的勝利のために戦はう」とつづける。「御両親様」にあてたこの遺書は、党の不穏文書とともに目黒署に押収された。原文のまま、朝日新聞の一九三四（昭和9）年一月十八日付夕刊に、大泉の遺書とあわせて掲載されたのであった。

光子の遺書のおわり三行に、平野謙は注目する。「女らしい哀れな結びによって、絶望した熊沢光子の自殺の覚悟は瞭然としている」と。哀れ、哀切ということばを平野謙は「新生」論のなかでも四回使っている。平野謙の愛用語かもしれない。しかし、中山和子は『平野謙論―文学における宿命と革命』（1984・11　筑摩書房）のなかで、このことばをもって、平野謙は若いときの恋人で小畑のハウスキーパーをして不幸な境涯におちいった根本松枝という女性の幻影をかさねている、と書く。そうではないのだ。この三行にこそ、光子個人の人間性があぶりだされているのである。他行の観念的なことばではなくて、この三行に注目した、これは、戦後ずっと共産党と対峙してきた平野謙の人間性と日常性尊重の視線があってのものにほかならない。失恋した女性の幻影がかさねられているなどと誤読されては、平野謙の立つ瀬がないではないか。ひとつ注意したいのは、平野謙は「その不動の覚悟の前には、大泉兼蔵といえどもひきずられずにはいられなかった」と推察するが、さきの自殺の経緯をみれば、大泉のほうが自殺を光子に強要したのだ。

## 「性別職務分離」の矛盾

「私は彼がスパイであったことを知った瞬間から絶望の気持に支配され、あれほど一生懸命に働く気でやって来ながら、同志たちから疑われたなんともいえないくやしさ、そしてあれほど信頼していた人間がスパイであった驚き、彼にたいする憎しみと未練がこんぐらかって、この精神的な打撃にうち勝って闘争をしていく自信を失った」。一九三四（昭和９）年三月十九日、光子が目黒署で書いた「手記」が、七五（昭和50）年十二月二十五日付「赤旗」に掲載されている。さまざまな感情を吐露した文章だ。光子の内面は単純ではない。複雑な紋様を描いている。高女専攻科まで進学した知的好奇心のつよい人だが、これらの感情を収拾するのは大変であった。「手記」のなかで注目すべきは、「あれほど一生懸命に働く気でやって来ながら、同志たちから疑われたなんともいえないくやしさ」というくだりだ。ここで、わたしは息が詰まりそうになった。ここには、おんな活動家の位置というものがじつに鮮烈に浮上しているではないか。スパイをしたのは男、大泉である。一生懸命にやってきたその結果に、光子はうちのめされている。大泉にくやしさをぶつけても虚しい。党は、おんな活動家には重要なポストはむろん、やりがいのある仕事を与えもしないのに、最後は責任を追及してくる。党は秘密主義をとっていた。

同志たちは、本名も経歴もあかさず主義、思想で結びついていたにすぎない。同志の連帯感は生まれようもなかった。

「良心のおもむくままに親にそむき、党に一身を捧げたこの人の生涯は、自分がもしあの時、党中央からハウスキーパーを部署として命令されたら、熊沢と同じ運命をたどったかも知れぬという思いを、深く心の底に沈殿させた」(『山代巴文庫』第九巻　1985・6　径書房)。作家の山代巴は、同性としての光子にふかい思いをよせている。そして、自身の戦中戦後のたたかいを生きているかぎり「熊沢の運命にむくいる」ものにしようとした。

では、平野謙はこの件についてどのように書いているか。「田舎に妻子のあるのも承知しながら、熊沢光子が身も心も輝ける党中央委員に献げて悔いなかったのは、ハウスキーパア制度という当時の党政策を前提としなければ、理解しがたい事実である」と。さらに、「スパイに身をまかせた大きな恥を償うには、出所後ふたたび共産党員として戦線に復帰する以外にないことを、熊沢光子の理性は十分承知しながら、ついにそのコースを断念せざるを得なかったのも、スパイと肉体のよろこびを共有したという無慙な身の穢れを、どうしても記憶のなかから払拭できなかったせいにちがいない」とも。おんな活動家を論じるとき、その性にスポットをあてたのは卓見だ。昭和初期にアナーキストでのちに作家の八木秋子をその晩年に訪ねたとき、八木は、性についてもからんでくるから自伝は簡単には書けないといった。さらに平野謙が、「ハウスキーパー制度」という党政策を前提にしたところに、光子の大泉との結びつきがあるという見解も、そのとおりだと思う。日常のレベルでは、光子は大泉とは結婚する気にならなかったはずだ。いなかに妻子がいるわけだから世間的には不倫である。世間のルールを超えて左翼運動にとびこんだ、一途なおんな活動家にしてありえたこと。大泉は共産党最古参の中央委員で、それまでに党機関の要職を歴任している。男性活動家の肩書のおもみが、光子の頭を占領した。同志のあいだでは、大泉は「無能な男」であったという。理論がなく指導性も欠けていた。しかも、大泉はこのときすでにスパイだったという説がある。

光子は「手記」のなかに書く。「私が彼と結婚したのは、もちろん彼の熱心な愛情に引かれたからであるが、私は彼の仕事を手伝うことが自分に課せられた役割だと思って約束し、闘争のためだと思っていた」「自分たちは主義の基礎の上にはっきり結ばれたので、自分たちの恋愛が破たんするときは、どちらかが脱落転向したときのみであり、この時こそ結婚は解消するという明確な定義のもとに、一緒によく勉強し、わたしはつねづねそれを忘れなかった」とも。向学心のつよい光子は、もともと理屈っぽい人なのであろう。「手記」には、さまざまな感情の吐露とはべつに、たてまえが前面にでてもいる。だから、彼女の本音が知りたくなる。大泉の仕事をかげで手伝うだけの女の補助役をどのように考えていたのか。光子の家出の動機の一つに男尊女卑への反抗があった。富岡多恵子が『表現の風景』のなかに書いている。「『最後の勝利』『〇〇の決定的勝利』をたたかいとるメンバーに『女性』が入っていないのを思い知らされたことも、『絶望的孤立』に含まれていただろう」と。富岡が指摘するように、光子は、男女の職務の不合理に気づいていたかもしれない。

わたしはよく、自宅近くの小さな図書室に出かける。そこで、一冊の著書をみつけた。『20人の男たちと語る性と政治—松井やよりフェミニズム対話集』（2002・4　御茶の水書房）というもの。とりわけ、経済学者の熊沢誠との対話に感動した。ジェンダーの視点で日本の女性労働を分析する熊沢のつぎのような提起は、ハウスキーパーたちのおかれた位置をあざやかに照らしだすためのヒントになる。「男はやり甲斐のある仕事、女はやり甲斐のない仕事になぜつくのか、男の仕事、女の仕事が分かれる性別職務分離の立入った考察がもっと必要です。これが間接差別の基礎ですから…」。平野謙が熱っぽく検証したハウスキーパーの問題は、この国の男女差別を象徴するもので、現代社会にもつうじる今日的で普遍的な課題にほかならない。

# 第六章　ヒューマンな日常感覚の尊重

## がん手術と闘病

一九七六（昭和51）年五月十日、平野謙は食道がんの大手術をうけた。食道の三分の一を切除する。六月二十二日、退院。体重は四十五・五キロにおちる。がんの転移はなかった。しかし、手術後に襲ったいのちの不安からだろうか、九月二日、平野謙のはがきがわたしのもとにも舞いこんだ。近しい人たちに平野謙は手紙を書いている。平野謙書誌を手がけた青山毅には原稿用紙五枚の手紙がとどいたという。〈父親の遺稿集を刊行したいので、資料を探してほしい〉とあった。さらに、平野謙は父親の文章を引用していた、その個所に青山は〈いつにない危機感をおぼえた〉とも話している。食道が切除されたため、これまでよりもおなかが空く。栄養を充分に摂らないとからだは衰弱していく。田鶴子夫人は調理が苦手なためゆきとどかない。〈本多秋五がみかねて知人に苦情をもらした〉そうだ。一年近くたっても、回復ははかばかしくなかった。食べ物によって食道を通過するぐあいがちがう。自分の手で食べ物を胸の位置までもちあげられた胃の辺りへおしさげなければならない。手術の縫い目がほどけやしないか。食べ物が落ちるようすが手にとるようにわかる。胃がグルグル音をたてる。「へんな音ださないで」「でるものはしかたないじゃないか」。「平野謙氏の癌と実生活」（1977・3・20「サンデー毎日」）は、こう報じている。こんなふうになってしまって、かわいそうでねえ。田鶴子夫人のことばが印象的だ。

翌年に刊行された『平野柏蔭遺稿集』（１９７７・11　三一書房）をひらくと巻頭には、母親、平野きよの写真が掲げてある。平野謙の幼少時代に父親、平野履道とともに写したものと、一人で写ったものもある。きよは、ふっくらとした丸顔の美人だ。顔の輪郭がはっきりしていて目がつぶらである。しばらく見つめていた。おや、あの人とよく似てる。わたしはハッとした。田鶴子夫人はうりざね顔の美人だ。〈ぼくが意識したときは、おふくろはふとったバアさまだったが、若いころはべっぴんでしたね〉〈ぼくの何とかわいいことよ〉。遺稿集が刊行されたころに大学院の最終講義があった。かすれた声で、平野謙がうれしそうに自慢したのが思いだされる。

田鶴子夫人はいささか興奮気味で話した。〈あれはいつだったかなあ。三月半ば、胸が不愉快でそれがつづいた。ずっとこれまで病気がちで。そういう人間は病気でいることが平気になるらしいですね。入院してやれやれといった感じで、毎日毎日が仕事でした。少しも遊ぶでなし。からだの具合のいいときは思いっきり仕事するでしょ。ここで死なれたら、あたし。長いこと病気してきても手術は今回がはじめて。家族は手術に反対です。現代医学はなんでも切りとってしまえばいいようで。食事療法で治せると思うんですが。平野も承知して手術することになりました。でも、とても元気です。かえって、いつもより元気なくらいです〉。平野謙は胸に不愉快を感じるなか、左翼運動における共産党批判の文章を書いている。「『リンチ共産党事件』の思い出」「小林多喜二と宮本顕治」「文学作品に反映したスパイ・リンチ事件」の三点だ。

手術の三日前にわたしは癌研附属病院へ行った。平野謙が入院する病室には、毎日新聞の金井敏夫が見舞いにきていた。闘病記を書いてくれと依頼している。〈うんと原稿料をはずんでくれたらね〉と、平野謙はにこにこしながらこたえていた。それが「わが病牀記」（1977・4「小説サンデー毎日」）だ。金井が帰る。〈もういままでどおり書けなくなるなあ〉。目にいたずらっぽい笑みを浮かべながら平野謙はいうのだ。〈『平林たい子全集』の収録作品をまた替えるっていうじゃないか〉。編集委員をつとめる平林全集の版元のことをぶつぶついう。初回配本の第一巻の「解説」が手術のために担当できなくなっていた。〈きみもはじめてかかわった出版社が潮であり、出版社がどういうものか、わかったと思う〉。きびしい口調であった。執筆をなりわいとして多くの出版社とかかわってきた人の実感にちがいない。三十分が過ぎるころ、口ひげを生やした男が入ってきた。〈お嬢さんか〉。そうであろうがなかろうが、その人は無頓着なようすで平野謙に話しかけてくる。〈平野が病室をぬけだして喫茶店にいくことを看護婦が困ってたぞ〉。平野謙はばつがわるそうにニヤッと笑っていた。わたしはしばらく、この男がだれかわからずにいる。ああ、藤枝静男か。こしかけをゆずった。〈どうぞ、そのへんに座ってください〉。床にお尻をつくしかない。灰皿を渡すと、〈どこかへおいてくれなくちゃ〉。置き場所がなければ自分の手に持ったらいいじゃないか。平野謙が食卓をさして〈ここへおけばいいだろ〉と、少々あきれたふうにこたえる。藤枝は小説家だが、ちょっと前まで浜松で眼科医院を開業していた。なんでも看護師にやらせているから、自分ではできない。このときの情景を藤枝は「在らざるにある」（1971・8「群像」）に描いた。この小説のなかでは、平野謙の病室にこのとき作家の立原正秋が来たことになっている。平野謙にわびたくて。川端康成をめぐって両者にはあつれきがあったようだ。事実は、立原はそこに来ていない。小説って、こんなふうに脚色されるものなのか。わたしはビックリしながら読んだのを覚えている。立原は平野謙を追悼する「平野さんとの距離」（1978・6「文學界」）のなかで見舞ってはいないと抗議した。藤枝も『悲しいだけ』に収録のさいは立原の見舞いについて削除している。

## 恩賜賞の受賞――三つ目のミステーク

本書の冒頭に、わたしは漱石の学位授与への拒否について書いた。平野謙は恩賜賞を受賞したとも書いた。受賞はがん手術の翌年三月のことだ。さきにたどった平野謙の文学的道程を復習すれば、一九七四（昭和49）年秋に平野謙は「自然のもとに包摂される人間の日常的な運命を、そのものとして尊重したいと思わぬでもない」と、自分の到達点を表明した。その共通線上で考えれば受賞の動機もみやすい。受賞を「日常的な運命」として拒否しないで受けいれる。受賞直後に、わたしは平野謙へ平林たい子とおなじ賞を受賞しましたねと祝いのことばを書いた。しかしよく考えれば、たい子の受賞は彼女の死後のこと。その諾否は著作権継承者にゆだねられた。生きていたらたい子はどちらを選択しただろう。ここであらためて、当人が判断した平野謙の受賞について考えてみた。結論を書けば、平野謙は受賞を拒否し、その後、沈黙することで震える魂を想像させてほしかった。恩賜賞受賞は、一市民としては名誉なことかもしれないが、一文芸評論家としては疑問だ。平野謙三つ目のミステークである。平野謙は授業中、多喜二について講義しながら、こう話した。多喜二が虐殺されずに生きのびて、はたして従来どおり革命的な文学コースをつらぬけたか、と。この言いかたをもってすれば、平野謙は受賞後どう書いていっただろう。これまでどおりの文学的スタンスが保持できただろうか。思うに、平野謙は最後まで平批評家であってほしかった。受賞後一年で平野謙は他界している。

恩賜賞とは『日本国語大辞典』によれば、毎年の日本学士院賞、日本芸術院賞の受賞者のうち、とくに一名ずつに、皇室の下賜金に基づき、学士院、芸術院が与える賞で、芸術関係は一九四九（昭和24）にはじまった、とある。

平野謙は出征もなく、活動家として警察に捕まらず、自分を護るべくうまく立ちまわってきた。最後にきて恩賜賞に捕まってしまった。いずれ情報局でのことを井上に暴露されるとしても、みずから告白してしまったようなものではないか。大岡昇平が芸術院会員に推されたとき、自分は「生きて虜囚の辱しめを受けた人間だから、天皇の前に出られぬ」といって辞退した。その理由に感心した本多秋五は「俺は治安維持法でつかまった人間だから、天皇の前に出られぬわけだ」と考えたという。「芸術院賞恩賜賞のこと」（1979・8「文學界」）のなかに書く。二人のようなことわるべく理由が、平野謙にはなかったというのか。さらに本多はこうも述べていて意味深長なのだ。「当初から彼の受賞に関係があるのではないかと思っていたが、時がたつにつれて推測が確信に変ってきた、些細なことのようだが無視することのできない受賞の動機、と私の思うものがある。それは書けない。もともとがつくり話という前提に立つ小説の形でも借りなければ言表できない真実が世にはある。他人には通じぬといわれようが、『生殺与奪の権』という一語のみを備忘のためにしるしておく」と。

平野謙の「恩賜賞受賞のこと」（1977・6「群像」）を読めば、受賞の経緯が説明されている。一九七七（昭和52）年三月十七日午前十一時ころ、芸術院の丹羽文雄から平野謙のもとに電話がかかる。「今度君の仕事が芸術院賞にきまったが受けてくれるか」「お受けします」。平野謙は「反射的に」こたえた。また丹羽は「君の場合は恩賜賞というのがついているんだが」と、注釈したという。この場でことわればことわれたが、内定と公表のあいだに十日や半月くらいあるものと平野謙は「呑気に」かまえていた、しかし、受賞は当日の夜、テレビニュースに流れた。NHKのインタビューに平野謙は「家内にたいする感謝の意を口走った」という。受賞は大げさにいって「一種の転向声明にひとしいもの」と、平野謙は書く。

平野謙は受賞を日ごろの仲間に相談せず独りできめた。田鶴子夫人は〈平野が恩賜賞をとるのはおかしいですものね〉と後年に言っている。一九七四（昭和49）年の野間文芸賞の百万円のご褒美については、「じゃすこしは借金のタシになるわね」と、田鶴子夫人が夫に言ったそうな。恩賜賞にもおなじ反応を田鶴子夫人が示したとは思えない。平野謙はこのときも夫婦の対話をもたなかったのだと思う。余談になるが、平野謙は衰弱したからだで最終講義のため外出した。その出勤を田鶴子夫人は知らなかった。夫は妻に知らせていないのだった。受賞という「思いがけないめぐりあわせをもつことになって」平野謙は、自分の中途半端な微温的な態度は依然としてむかしどおりだ、と書く。最後の肝心かなめで手綱をゆるめてしまった。恩賜賞は、これまでの文学的業績へのご褒美とはことなる。自身が選考委員をつとめるその賞をうける、いわば「お手盛り受賞」をしている文芸評論家の受賞慣れ、ジャーナリズムに毒された人の鈍磨であったか。作家の山本周五郎のように〈受賞はいっさい拒否する〉（木村久邇典）という態度を固持しないかぎり、こうした陥穽はありうるだろう。

「平野さんを責める気にはなりませんが、文学や思想に真にかかわる人は、やはり、いまのこの『国からのご褒美』などはもらうべきではないでしょうね。それは一種の『転向』であり、体制への服従です」（『わたしの戦後出版史』）と話すのは、松本昌次だ。「平野謙を偲ぶ会」での作家、井上光晴の「爆弾発言」は感動的な一場面であった、とも松本はいう。その席で井上はこう発言したのだ。「平野さんにとっての批評の基準というのは、前衛であろうとリアリズムであろうと、合理的なものによって支えられていました」「それが一寸でもずれた時、踏み越えた場合、彼は批判しました」「そして最終的に、仕事の辿りついた場所で彼は恩賜賞を受けたわけですね。花びんをもらった」「そこに天皇のしるしがついています」「われわれは『近代文学』によって、文学の前衛と人間性、批評の人間性というものを教えられて、それを文学の原動力のひとつにしてきました」「もしこんなふうな会合を開くんだったら、あの花びんをもらったときに、平野さんをぶんなぐってでも、『そんなものは返せ』というべきだったと思いますね」「どうして反合理のシンボルというべき花びんを受けられるのでしょうかね。なんのために『戦後文学』をやってきたんですか」(『平野謙を偲ぶ』)。しのぶ会は平野謙の一周忌に行なわれた。なお、平野謙は「読売ベスト・スリイ—昭和三十五年」の著書に井上の『死者の時』を挙げている。

「戦争責任を問われて／その人は言った／そういう言葉のアヤについて／文学方面はあまり研究していないので／お答えできかねます」(「四海波静」１９７５・11「ユリイカ」〈現代詩の実験〉)と詩人の茨木のり子は書く。前代天皇の記者会見をわたしもきいている。茨木がこの詩に書くとおりの発言だった。「文学方面」の「研究」の有る無しなのか、「戦争責任」というのは。平野謙の恩賜賞受賞は、目的意識的に立ちどまって決断すべきではなかったか、自然発生的に受賞するのではなくて。井上の失望には共感できる。戦前の左翼運動の非人間性と日常性喪失を批判しつづけたその道すじは確認できても、自身の「戦争責任」への答案は、これではむなしい。資本主義社会のなかで報われないでいる人たち、文学の世界にあって光のあたらないでいる書き手たちを救いあげていくスタンスを、平野謙には最後まで保持すべく平批評家であってほしかったと、わたしは思うのだ。

# 七十年の生の終えん

「政治の論理と日常の論理」が平野謙の絶筆だ。一九七八（昭和53）年一月二十七日号の「週刊朝日」に発表された。前年十二月の執筆である。発表後の二月十日、平野謙はクモ膜下出血でたおれ救急車で玉川病院に運ばれる。その直前の絶筆からは、これだけは書いておきたい、という切迫感が伝わってくる。宮本顕治が袴田里見のクビを切った。二人は一九三三（昭和8）年のリンチ共産党事件にかかわり、それ以来の盟友であったのに、宮本は袴田を除名した。日常の世界ではこういう「急激な評価の転倒」はまずありえないと平野謙は書く。朝日新聞の天声人語子は「はだ寒い」という。「政治の論理にのみ慣れ親しんで、次第にヒューマンな日常感覚を喪失していった証しにほかなるまい」。だが彼らは「そうならざるを得なかった過程そのものに対する洞察を欠いている」と批判し、私ども市民は「日常の論理をしかと踏まえて、デヒューマナイズ（非人間化）されつつある政治の論理のゆくすえをみきわめる必要がある」と、平野謙はむすぶ。三十五年もまえの提言だ。現代の政治状況に通じないか。また共産党内のことと一つ政党に限定されるものでもない。絶筆は恩賜賞受賞後のものだが、じつは、平野謙は受賞前の、がん手術直前に執筆された「文学作品に反映したリンチ共産党事件」のなかにこう書いているのである。人間の一生のさまざまなコースについて思いまどう。「政治に駆使されっぱなしの宮本顕治より、多少とも本心を吐露できる」自分のほうが「マシかな」。「政治に駆使される生涯とジャーナリズムに駆使される生涯とを思いくらべて、おれは破滅もせず、調和もしないで生きながらえたいと希ったはずではなかったか」。換言すれば「見るべきものをチャンとみる」という散文精神の主張なのだ。これこそ、戦前の自身の過ちへの自省によって獲得したものにほかならない。平野謙は戦争協力とは書いていない。「戦争責任」と書く。この過ちを検証すべく努めてきた。その過程の洞察は充分認められる。そして一九七六（昭和51）年、自身の人生コースを総括して肯定している。宮本のそれより自分のそれに軍配をあげているかのようだ。

評論家の江藤淳はこの地道で困難な道を回避したが、平野謙はまっとうした、と本多はいう。平野謙のこの散文精神をあらためて考えてみるに、今こそ、わたしたちに求められているものではないだろうか。時の総理大臣、安倍晋三は極端な方向へ突っ走っている。評論家の内田樹は、「本気で戦争を始める気でいる政府」をいただいたのは戦後初めてのことだ、と指摘する（２０１３・12・30「ＡＥＲＡ」）。「きびしい両極にひき裂かれた昭和期の動乱の時代を長く生きつづけてきた」一個の知識人にして獲得したこの率直な声こそ、今、わたしたちは噛みしめなければならないのだ。

平野謙は、七十歳で明大を退職したあと、三日目に死んだ。翌朝、平野謙は居間に身をよこたえていた。春の日差しがおだやかだ。電気ストーブの光で室内はあたたかい。平野謙は、深刻になにかを思いつめているようにみえた。怒っているようにも思えた。しわのない薄い皮膚が、あおく透きとおっている。頰は痩せているがおおきな骨格はそのままだ。田鶴子夫人は、重ね着をしていかにも寒そうだ。目が澄んでいる。〈男の人たちもこまやかに気をつかってくれて。早くお礼をいいたいと思っていました〉。大学院のおしえごへていねいな気遣いをし、わたしは恐縮した。長女の目は、真っ赤だ。大柄で顔つきも父親にそっくりである。小学生の娘をおいて平野謙は離婚はできなかったろう。かしこそうな男児がかたわらに座っていた。〈いなくなるということは、大変ですね。文芸評論家の損失にたいして、自分は取り返しのつかないことをしてしまったのではないか。いっぽうで、食いしんぼうで、横暴な亭主にこれいじょう生きられたらたまらない〉。悔いの気持ちと安どの気持ちを、田鶴子夫人は率直に語るのだった。

あとがき

四月三日がくると、平野謙が他界してから三十六年目になる。その日までには完成させようと書いてきた小稿が、刊行されることになった。人の死後三十五年にもなると、これまで見えなかったものが見えてくる。平野謙のセリフや表情の背後から、思いがけない意味がとびこんでもきた。

完成した原稿をはじめて読んでくれたのは、工房ノナカ（三冬社）の代表、野中文江さんだ。〈体温と体臭のある平野謙の誕生ですね〉。野中さんのことばに安どした。わたしは十一年、平野謙のおしえごであった。その立場で書いてきたが、死後三十年もたてば指導教授は一個の文学者であり、一個の人間存在である。野中さんは、原稿を社会評論社の社長、松田健二さんのところに持ちこんでくれた。松田さんも一気に読んで単行本化を承諾したのである。松田さんは、インターネットのサイト「ちきゅう座」の事務局長もしていて、忙しい日々を過ごしている。そのサイトには、ことしから文芸欄が新設された。

わたしは、指導教授をじろじろ観察していたようだ。平野謙をトータルで見てきたと思っている。以前、平野謙の「戦争協力」をめぐって二人の大学教授が論争した。「戦争協力」にこだわりすぎれば、平野謙という人物や文学者の個性もおもしろさも、失われてしまう。胸に秘めごとをいだいた人間がその後、どのように生きているか。その足跡のほうが、わたしには気がかりだ。平野謙の、共産党の「ハウスキーパー制度」への批判にしても、その負い目があってなしえたことだ。そして晩年、破滅もせず調和もせず、という信条に到達したのも、その負い目があってのこと。時の総理大臣の極度に一端へ傾いていく危機的な状況のいまこそ、平野謙の提言は、噛みしめなければならないのではないか。

わたしは、昭和初期のプロレタリア解放運動の渦中で、ハウスキーパーを体験した女性に、直接会って話をきいている。西田信春のハウスキーパーだった「北村律子」。その関係者の武田千代と牛島春子にも取材している。また、小林多喜二のハウスキーパーだった「伊藤ふじ子」の関係者の小坂多喜子、鈴木銀、古賀光子にも会っている。みな故人だが、忘れがたい。彼女たちのあとおしがあって小稿は進んだのであった。彼女たちの証言は〈　〉で、資料からの引用は「　」で文中に表記している。伝記的作家論『平林たい子―花に実を』（武蔵野書房）の執筆時からこのスタイルをとってきた。

わたしは『平林たい子全集』（潮出版社）全十二巻の書誌編さんにたずさわった。その後、信濃毎日新聞に書評を発表している。どちらも時間と手間のかかるしんどい仕事である。が、そこから得たものは本書に生かされているはずだ。

阿部浪子

二〇一四年初春

## 平野謙・略年譜

**一九〇七（明治40）年**
十月三十日、京都市で、父・履道、母・きよの長子として生まれる。本名を平野朗という。父は平野柏蔭の筆名で「早稲田文學」などに評論を寄稿していた。十人きょうだいであった。

**一九一二（大正元）年**
父の生家・法蔵寺がある岐阜県各務原市に移住する。父はその住職に就く。那加尋常高等小学校五年のとき得度する。

**一九二六（大正15・昭和元）年**
三月、岐阜中学校を卒業して、四月、第八高等学校文科乙類に入学する。同級生に本多秋五が、寮の同室生に藤枝静男がいた。

**一九三〇（昭和5）年**
三月、八高を卒業。四月、東京大学社会学科に入学する。学内の読書会に所属した。

**一九三二（昭和7）年**
本多秋五の薦めで日本プロレタリア科学研究所に加わり、山室静や泉充らを知る。泉の妹・泉田鶴子と出会う。

**一九三三（昭和8）年**
一月、「プティ・ブルジョア・インテリゲンツィア―唐木順三氏の『現代日本文學序説』を読んで」を「クオタリイ日本文學」に発表。三月、東大を中退する。日本プロレタリア文化連盟書記局のもとで、機関紙「プロレタリア文化」の編集にたずさわる。

一九三四（昭和9）年
中条百合子、中野重治、窪川鶴次郎、窪川いね子（佐多稲子）らを知り、交際する。秋ころ、肺疾患にかかる。十二月、泉田鶴子と結婚。

一九三六（昭和11）年
十月、「なすなし」を「批評」に発表する。

一九三七（昭和12）年
四月、東大美学科に再入学する。六月、「高見順論」を平野謙の筆名で「批評」に発表し、以降この筆名に定めた。

一九三九（昭和14）年
「構想」の同人に加わり、埴谷雄高を知る。

一九四〇（昭和15）年
「現代文学」の同人に加わり大井広介を知る。三月、東大美学科を卒業。四月、南画鑑賞会に勤める。

一九四一（昭和16）年
二月、転職して内閣情報部情報局第五部第三課の嘱託になる。四三（昭和18）年六月、辞職した。

一九四四（昭和19）年
一月、父が他界する。七月、三島の野戦重砲隊に教育召集されたが、既往症により十日で除隊となる。大井広介の紹介で麻生鉱業の嘱託となり、九月、福岡に単身赴任する。

一九四五（昭和20）年
敗戦とどうじに麻生鉱業を退職する。

一九四六（昭和21）年
一月、「近代文學」を本多秋五、荒正人、佐々木基一、小田切秀雄らとともに創刊し、「島崎藤村―『新生』覚え書」を発表。「政治と文學」を、七月「新生活」に十月「新潮」に発表する。翌年の政治と文学論争のきっかけとなる。

一九四七（昭和22）年
八月、初の単行本『島崎藤村』を筑摩書房から刊行する。十月、長男・高史が誕生。五〇（昭和25）年四月には長女・朝子が誕生した。

一九五一（昭和26）年
明治大学文学部の講師になる。

一九五六（昭和31）年
五月、東京都世田谷区に転居。十一月、『政治と文學の間』を未來社から刊行する。

一九五八（昭和33）年
一月、『藝術と實生活』を講談社から刊行する。同書により芸術選奨を受けた。

一九六二（昭和37）年
四月、明大文学部教授に就任する。

一九六三（昭和38）年
八月、『文藝時評』を河出書房新社から刊行し、毎日出版文化賞を受けた。

一九六六（昭和41）年
八月、『知識人の文学』を講談社より刊行する。九月、本多秋五などとソビエトを訪問する。

一九六七（昭和42）年
一月から「週刊朝日」の書評委員をつとめる。七二（昭和47）年まで担当した。

一九六八（昭和43）年
十一月、十三年余りつづけた「毎日新聞」の「文芸時評」を終える。翌年一月から、「昭和文学私論」を「毎日新聞」夕刊に連載する。七五（昭和50）年十二月に完結。

一九六九（昭和44）年
八月、『文学運動の流れのなかから』を筑摩書房から刊行。同月、九月、『文藝時評』上・下巻が河出書房新社から刊行され、毎日芸術賞を受ける。

母が死去した。

一九七〇（昭和45）年
三月、東京都施行の区画整理事業の計画がきまる。反対運動のために喜多見町区画整理対策協議会が結成され、その代表になる。家族とともに活動した。

一九七四（昭和49）年
十月、『平野謙全集』（新潮社）の『内容見本』を書く。十一月、全十三巻の刊行がはじまる。第一回配本の『さまざまな青春』により野間文芸賞を受ける。

一九七六（昭和51）年
二月、「『共産党リンチ事件』のもう一つの側面―ある個人的回想」を「週刊朝日」に発表。四月、食道がんで癌研附属病院に入院する。翌月、手術。六月、退院。同月、『「リンチ共産党事件」の思い出』を三一書房から刊行。

一九七七（昭和52）年
三月、芸術院・恩賜賞を受ける。四月、「わが病牀記」を「小説サンデー毎日」に発表。十一月、父の遺稿をまとめて『平野柏蔭遺稿集』を三一書房から刊行する。

一九七八（昭和53）年
二月、くも膜下出血で意識不明になり玉川病院に入院する。四月三日、死去。七十年の生涯だった。六月、『区画整理法は憲法違反』が潮出版社から刊行される。

■著者

阿部浪子（あべ　なみこ）

文芸評論家。
静岡県浜松市に生まれる。浜松市立高校卒業。法政大学日本文学科卒業。明治大学大学院文学研究科を修了後、『平林たい子全集』全12巻（潮出版社）の書誌編さんにたずさわる。「信濃毎日新聞」読書欄の書評を担当する。

著書
『人物書誌体系11 平林たい子』（日外アソシエーツ）、『平林たい子―花に実を』（武蔵野書房）、『平野謙研究』（共著、明治書院）、『本たちを解（ほど）く―小説・評論・エッセイのたのしみ』（ながらみ書房）、『本と人の風景』（ながらみ書房）、『書くこと恋すること―危機の時代のおんな作家たち』（社会評論社）、『里村欣三の眼差し』（共著、吉備人出版）

平野謙のこと、革命と女たち

2014年8月15日　初版第1刷発行

著　者　阿部浪子
発行人　松田健二
発行所　株式会社 社会評論社
東京都文京区本郷2-3-10
tel. 03-3814-3861/fax. 03-3818-2808
http://www.shahyo.com/

装幀・組版デザイン　中野多恵子
印刷・製本　株式会社ミツワ